“文学少女”見習いの、初【はつこい】戀。

目次

日坂菜乃
Nano Hinosaka
「わたしを文芸部に入部させてください！
わ、わたし、好きなんですっ！　本が」
井上心葉
Konoha Inoue
「チリソースであえた素麺に
クランベリージャムと生クリームをトッピングして、
その上からマスタードと唐辛子をふりかけたような味がするんじゃないかな」

冬柴 瞳
Hitomi Fuyushiba
「でも井上先輩、彼女いるって聞いたよ。
三年の琴吹さんって美人」
琴吹ななせ
Nanase Kotobuki
「文芸部に入部したのは、井上目当てだって本当？」

「『デミアン』……ですか？」

「うん、ヘルマン・ヘッセ」

「わー、わたし、ホラーとかスプラッタとか大好きなんです。

これならさくさく読めそうです」

「……スプラッタ？」

「はい、６６６のデミアンですよね。

十三日の金曜日にチェーンソー振り回して、大暴れするんですよね」

「金曜日に暴れるのはジェイソンじゃないか？

それに６６６は『オーメン』のダミアンだよ」

「だって、この世で一番確かな愛の形は、
一緒に命を終えることでしょう？」

〝文学少女〟見習いの、初戀《はつこい》。

野村美月

FB
Famitsu Bunko
ファミ通文庫

イラスト／竹岡美穂

プロローグ　自己紹介代わりの前書き　～わたしが卵の中の雛鳥だった頃

鳥は卵の中からぬけ出ようと戦う――そんな刺激的《しげきてき》な言葉をくれた人がいた。

高校一年生のわたしも、真っ白な卵の中で暮らしていた。

ミルク色のもやが立ちこめる、あたたかで居心地《いごこち》の良い場所にのんびり寝そべって、気ままに転がってみたり、まだ生えそろっていない羽根をそわそわ伸ばしてみたりする。

たまに丸い天井《てんじょう》を見上げて、そこににじむまばゆい光を眺《なが》めては目を細めて、あぁ今日もいい天気だなぁ、なんてつぶやいたり。

そんな生まれる前の、のんきな雛《ひな》だった。

それが何故《なぜ》急に、よいしょと背伸びをし、卵の天辺《てっぺん》を小さなくちばしでコツコツつつきはじめたのか。わたしがどうして卵から這《は》い出《だ》そうとしたのか。そのとき、わたしになにが起こったのか。

まずは彼――あの、人気作家との出会いからはじめなければならない。

運命のその日は三月の終わりで、時刻は夕暮れだった。

わたしは中学校を卒業したばかりの十五歳で、四月から通う高校にふらりと立ち寄ったところだった。

広大な敷地《しきち》に張り巡らされた塀《へい》と、その上にそびえる鉄柵《てっさく》越しに、クラシックな外装《がいそう》の校舎や金色に染まった桜の木々を眺め、新しい生活への期待をふくらませてドキドキしていたとき。

誰《だれ》かが叫ぶ声を聞いた。

「――先輩《せんぱい》……っ！」

それは胸に突き刺さり、忘れられないような、哀しい声だった。

「――先輩っ！　……先輩っ！」

断ち切れそうな、必死な叫び。つがいの鶴《つる》が伴侶《はんりょ》を失ったら、こんな声で鳴くのだろうか？　切ない響《ひび》きに引き寄せられるように、声のするほうへ歩いてゆく。

すると夕日の沈む校庭で、一人の男の子が誰もいない正門に向かって叫んでいた。

目に涙をためて、女の子みたいに優しげな顔をびしょびしょに濡《ぬ》らしている。

茜色《あかね》に変わる景色の中、白い花びらが、彼の細い肩に、白い頬《ほお》に、落ちてゆく。

わたしは鉄柵をぎゅっと握《にぎ》りしめ、つま先立ちになった。

細くて、か弱げな男の子。

首に白いマフラーを巻いて――制服を着ている。この学校の生徒？　どうして泣いているの？　誰を呼んでいるの？　そんな細くて哀しそうな声で。――その人に、置いてゆかれたの？

まるで哀しい映画を見るように、胸がどうしようもなく締めつけられ、込み上げる涙で喉《のど》がつまった。

日が落ちる前の、あでやかな夕暮れ色のスクリーンの中にいる彼に駆け寄って、なぐさめたい気持ちでいっぱいになる。

だけど、わたしは中学生ではないけれど、まだ高校生でもなくて――だからわたしたちをへだてる柵を乗り越えて、校内に踏《ふ》み込《こ》むことはできなかった。

それがますますもどかしくて、うんと酸《す》っぱいさくらんぼを噛《か》みしめたように、胸の奥がきゅっとした。

泣かないで。お願い、泣かないで。

こんなに離れていて、わたしの声が届くはずないのに、一生懸命《いっしょうけんめい》につぶやいていた。

細い首に巻いた真っ白なマフラーが、冷たい風に吹きなびく。夕焼けに輝いていた校

6

庭はしだいに光を失って暗くなり、白い花びらが雪のように静かに舞《ま》っている。

やがて彼は歯を食いしばり、倒れそうに危なげな足どりで、門と逆の方向へ歩き出した。

大きな絶望を背負った人のように深くうなだれて、ふらふらと、のろのろと、暗い校舎へ向かってゆく。

そのまま校舎の影に重なるように、見えなくなってしまった。


これが、〝はじまり〟だった。


彼は、わたしを知らない。

わたしも、彼の名前も学年も、星座も血液型も知らない。

けど、まばたきすることも忘れて見つめていた瞳の奥に、少女のように儚《はかな》げな姿や、歯を必死に食いしばっている白い横顔が、鮮烈に焼きついた。

体の芯《しん》が疼《うず》くような、皮膚《ひふ》がひりひりするようなこの気持ちをなんと呼べばいいのか、そのときはわからなかった。


でも、きっとあのときから、わたしの孵化《ふか》ははじまっていたのだ。

出逢いの短い物語

"文学少女"見習いの、初戀。

「うわぁ、いい天気だなぁ」

中庭の木の下から、わたしは空を見上げた。

蔦《つた》がからまるクラシックな校舎の上に広がる空は、吸い込まれそうなヘブンリーブルーだ。桜はとっくに散ってしまったけど、芝生《しばふ》も木も青々としている。日射しがあたたかくて、気持ちいい。

入学式の翌日。わたしは同じ中学出身の友達と待ち合わせをしていた。

聖条《せいじょう》に入学できてよかったな。合格ラインぎりぎりだったけど、ついていた。落ちこぼれないように勉強も頑張《がんば》らなきゃ。

うきうきと木にもたれ、オレンジ色の手帳を開く。日記も書けるタイプで、メモとかレシートとかなんでも挟《はさ》んでしまうので、ちょっとふくらんでいる。

葉っぱの匂いを含んだ春風が首筋を吹き抜け、細い髪《かみ》を乱した。わたしの髪はストレートの猫っ毛で、すぐに絡《から》まる。短く切ってしまえば楽なのだけど、この長さをキープしているのは、小学生の頃よく男の子に間違われたせいだった。

当時は味も素《そ》っ気《け》もないショートカットで、着るものも男の子みたいなパンツルックが多かった。

ある日、男の子たちが野球をしているところに出くわしたら、仲間に入れよと声をかけられて、あれれ？　でも、わたし女の子で……と思っているうちに、引っ張り込まれて、ボールを追って、どろんこで駆け回るはめになった。

おまえ、野球下手《へた》だなー、教えてやるから明日も来いよと言われて、断りきれず、わたし女の子なんだけど……と心の中でつぶやきながら、次の日も、その次の日も、男の子たちと野球を続けた。

なんと、三ヶ月も。

ついに「わたし、女の子だから、野球ばっかりできないよ」と打ち明けたとき、男の子たちは口をぽかんと開け、次の瞬間「えーっ！　見えねー！」と叫び、大爆笑した。

あれは今でも心の傷だ。以来髪を伸ばし、服装も持ち物も、女の子らしい可愛《かわい》いものを選ぶようになった。

あとは素敵《すてき》な彼氏ができれば完璧《かんぺき》だけど、残念ながら果たされていない。

乱れる髪を一生懸命《いっしょうけんめい》に押さえてたら、手帳に挟んだメモが風で飛ばされそうになって、それを口にくわえて、手帳をめくったときだ――。

視線を感じて顔を上げると、制服を着た男の子が息をのむような表情で立っていた。

あれ？

メモをくわえた間抜《まぬ》けな顔で、わたしも見返す。

この男の子、もしかして――。


夕暮れの景色が、すーっと頭に浮かんだ。

胸を突き刺す哀しい声で誰《だれ》かの名前を呼びながら、頬《ほお》を濡《ぬ》らしていた男の子。

舞《ま》い散《ち》る花びら。ゆっくりと闇《やみ》に沈んでゆく校舎。

茜色《あかね》のスクリーンの中で見た儚《はかな》げな顔が、今目の前に立っている彼に綺麗《きれい》に重なり、心臓《しんぞう》が止まりそうになった。


ああっ、あのときの男の子だ！


やっぱりここの生徒だったんだ！

学園の制服を着ていたから、四月になれば会えるんじゃないかって、ひそかに期待していた。けど、まさかこんなに早く――！　しかも何故《なぜ》か向こうも茫然《ぼうぜん》とした顔で、わたしを見ている！　とっても驚《おどろ》いているみたいだ。

ひょっとして、わたしがあのときのぞき見していたことに、彼のほうも気づいてた？　ど、どうしよう。

てゆーか、わたしメモを口にくわえたままだ！　うわっ、ひゃっ、恥ずかしー。

頬が燃え立つのを感じながら、口からメモをとる。

するとは、急にハッと我に返った目になり、視線をそらした。

まるで、きみのことなんか一瞬も気にとめてないし、たまたまきみの後ろの景色を眺《なが》めていただけだ、という素振《そぶ》りで去ろうとするのに、わたしは慌《あわ》てた。

あれ？　なんで？　行っちゃう！　せっかく会えたのに、今声をかけなきゃ次はいつ会えるかわからない。

迷っているうちに、細い背中がどんどん遠ざかる。

行っちゃう！　行っちゃう――「待って！」と声をあげそうになったとき。

「ごめーん！　菜乃《なの》！」

友達のほっしーが現れた。放課後一緒《いっしょ》に部活巡りをしようと約束していたのだ。

「ホームルームが長引いちゃって。悪かった！　あ、この子うちのクラスの真中早苗《まなかさなえ》ちゃん。部活決めてないって言うから、誘《さそ》ったんだ」

「よろしく。交ぜてもらっていいかな」

「う、うん」

二人に話しかけられて、わたしは動けなくなってしまった。

「冬柴《ふゆしば》は？　声かけたんでしょ」

「あーうん、瞳《ひとみ》ちゃんは、部活入る気ないから帰るって」

「そ、じゃ行こっか。どっから見る？」

「カッコいい先輩《せんぱい》がいる部がいいなぁ。サッカー部とかバスケ部とか」

「賛成《さんせい》。スポーツしてる男子って三割り増しでカッコよく見えるよね。マネージャーとかやってみたーい」

うん、とか、そうだね、とか答えながら、わたしの気持ちはここにあらずだった。

彼は誰なんだろう。名前は？　学年は？　どこの部に所属《しょぞく》しているの？　色が白くて手足が細くて、運動部って感じじゃなかった。合唱部とか美術部？

彼に会いたい。話をしたい。

ああ、なんで、たった二回しか会ってないのに、こんなに気になるんだろう。

校内をうろうろして彼の姿を探して、二日が過ぎた。

「菜乃、あんた休み時間ごとにトイレ行ってない？　おなかでも壊したの？」

クラスメイトで小学生からのつきあいの瞳ちゃんに、じろりと睨《にら》まれる。

わたしは、「夜食のクリームパンが古かったみたい」と、ごまかした。

ほっしーたちは、弓道部の三年生がすっごくカッコよかったと盛り上がっている。

「菜乃も弓道部に入ろうよ。放課後、入部届を出しにいこう」

わたしは弓道部がどんなだったかろくに覚えてなかったのだけど、彼のことで頭がいっぱいで、「うん、そうだね」と気乗りしない声でつぶやいた。

弓道部の道場は体育館の横にあった。部員が多くて活気がある。

「いたいた。芥川《あくたがわ》先輩だー」

「やっぱり素敵ぃ！」

ほっしーたちが熱い視線を向ける先に、袴《はかま》姿の先輩が弓を構《かま》えて立っていた。背筋がすっきり伸び、端整《たんせい》で涼しげな顔立ちで、なるほど大人っぽくてカッコいい。けど、あの人を見たときみたいに、ときめかない。

矢が的《まと》に命中すると、見学に来ていた他の子たちが一斉《いっせい》に「きゃー！」と声を上げた。

「あの、わたしたち、一年生で入部希望なんですけど」

ほっしーが弓道部の人に声をかける。

わたしは無性《むしょう》に哀しい気持ちになった。

ああ、もう、あの人に会えないのかな。この学校は広すぎるよ〜。

そのとき、わたしたちの傍《かたわ》らを、制服を着た男の子が通り過ぎていった。

「芥川くん」

やわらかな声が呼びかける。

顔を上げた。

細い背中。

白い首筋。さらりとした黒髪。

息が、止まりそうになった。

夕暮れの校舎が――春風が吹き抜ける中庭が、次々フラッシュバックする。あんなに会いたかった人が目の前にいる！

周りの風景も音も遠のき、見えるのは制服の上着に包まれた華奢《きやしや》な背中だけになる。

「井上《いのうえ》。どうした？」

彼に向かって話しかける、声。

井上というのが彼の苗字《みようじ》なの？　下の名前は？

「芥川くんのノート、高田《たかだ》くんが返しといてって」

「わざわざ持ってきてくれたのか？　すまなかったな」

「ううん、どうせ暇《ひま》だから。それより見学の一年生、すごい人数だね」

「井上は部室を留守《るす》にしていいのか？」

「ぼくのとこは、弓道部みたいに入部希望者が殺到《さつとう》したりしないよ。まったくゼロだと困るけど……」

おだやかな優しい声。

こんな声で、しゃべるんだ。こんなやわらかな――心に染《し》みこむような声で。

心臓の音がどんどん激しくなる。息をひそめすぎて苦しい。こんなに真剣に他人の声に耳を傾《かたむ》けたことはない。

「文芸部を潰《つぶ》したら、遠子《とおこ》先輩に叱《しか》られそうだから」

声が、ふいに寂しげになる。

口調は明るいのに、何故か切ない感じのする、なのにあたたかな声。

文芸部？

「せめて一人くらい、一年生が入ってほしいな」

気がつくとわたしは歩き出していた。ほっしーが「菜乃っ」と後ろで焦《あせ》っている声を出す。

「すみませんっ！」

井上先輩が振り返る。

わたしを見おろし、綺麗な顔に戸惑《とまど》いを浮かべる。

その無防備な表情に、胸がきゅーっと締めつけられ、夢中で言った。

「い、一年二組の日坂《ひのさか》菜乃です……っ。わたしを文芸部に入部させてください！　わ、わたし、好きなんですっ！　本が」

井上先輩は、目を丸くしていた。

こうしてわたしは正式な文芸部員になり、遅い初恋を自覚したのだった。

わたしがはじめて好きになった人、それは、井上心葉《このは》というのだった。

◇　◇　◇

文芸部の部室は、三階の西の隅《すみ》にある。

翌日の放課後。わたしははずむ足で、そこへ出かけた。

ドアを開けると、田舎《いなか》のおばあちゃんちの物置でかいだみたいな埃《ほこり》の香りがした。

白いカーテンが窓辺でふくらんでいる。射し込む光の中で、金色に輝く埃がちらちら舞っている。

本棚には古い本がみっちり並び、壁際《かべぎわ》にも大量の本が積み重ねてある。それもひとつじゃなくて、あちこちに。部室の面積のほとんどが本だ。

その間に、焦げ茶《こげちゃ》色の大きな木の机と、パイプ椅子《いす》と、ロッカーがある。

井上先輩は先に来ていて、薄いノートパソコンを机の上に広げていた。

かたかたとやわらかな音を立てて、熱心にキィを叩《たた》いていたのが、顔を上げておだやかに微笑《ほほえ》む。

「こんにちは、日坂さん」

「こ、こんにちはっ」

わたしだけに向けられた特別な笑顔に動揺《どうよう》し、声が上擦《うわず》ってしまう。あまり勢いよく頭を下げすぎて、床につんのめりそうになったほどだ。

文芸部には三年生の井上先輩しかいないと知ったとき、神様に千円くらいお賽銭《さいせん》をあげても良いほど感謝したけれど、お互いをよく知らないこの状況では、瞳ちゃんから能天気と嫌みを言われるわたしでも、緊張《きんちょう》する。好きな人とだから、なおさらだ。

ぎくしゃくして挙動不審《きょどうふしん》なわたしに、井上先輩が涼しい声で言う。

「もっと楽にしていいよ。宿題してもかまわないし、もともと大した活動してないから」

「はいっ、わたしは中学のときはテニス部で、文化系はまっっったく初心者ですので、メニューは井上先輩に全面的にお任せします」

井上先輩が苦笑する。

「困ったな、そんな身構えないで。そうだ、日坂さん本が好きだって言ったね？　普段どんな本を読むの？」

「え！　ほ、本、ですか？」

マズイっ、いきなり大ピンチだ。わたしは教科書以外めったに本を読まない。漫画《まんが》専門だ。けど、ここは本好きであることをアピールしなければ。えーとえーと。

「も、モモちゃんとアカネちゃんシリーズとか、子供の頃読んでました。あと、わたしには三歳上の兄がいるんですけど、兄が読んでたホームズシリーズとか……」

実はホームズはよくわからなくて、兄にバカにされた。けど他に思いつく本がない。父が読んでる時代小説——も未読だけど、テレビの時代劇《じだいげき》は見る。なので、たまに話し方が古くさいと言われる。けど、それじゃ本を読んだことにはならないよね。あと賢《かしこ》そうなのは、夏目漱石《なつめそうせき》とか、芥川龍之介《りゅうのすけ》とか、えーと、猫の話が漱石？　芥川は、えっとえっと——雷門《かみなりもん》——じゃなくて、なんとか門。

「ああ、ホームズ、ぼくも好きだったな」

井上先輩がうなずくのを見て、心に光がぱっと射したみたいに嬉《うれ》しくなった。とたんに口もなめらかになる。やっぱりここは、お堅い教科書より身近な話題作だ！

「友達は、井上ミウがおもしろいって言ってました。中学生のバイブルだから読めって。わたしは漫画版と映画版とドラマ版は見たんですけど、小説はまだなんです。井上先輩は読まれました？『青空《ソラ》に似ている』」

「……あぁ、うん」

井上先輩が急に言葉を濁《にご》す。それから、にこりとし、

「そうですか。映画は最高でしたよ！　わたし、DVD買っちゃいましたもん。主題歌が内容にぴったりで、きゅんとするんですよー。樹役《いつき》も、わたし的にはドラマ版の新田《にった》つぼみちゃんより、映画版の穂積里世《ほづみりせ》ちゃんなんですよね！」

「……そう」

「映画版の夕暮れの鉄棒のシーンは、何度見ても感動です。羽鳥《はとり》の堀内当麻《ほりうちとうま》くんを見つめる里世ちゃんの表情が、恋する気持ちがうわーっとあふれてて、いいんですよっ。里世ちゃんの台詞《せりふ》も気持ちがこもっていて、大好きです。制服のまま鉄棒にぶら下がって『ほら、羽鳥。こうすると、羽鳥も逆さまだよ』――」

「ひ、日坂さん、恥ずかしいからやめよう！」

井上先輩が、頬を染めて懇願《こんがん》する。

わたしの物真似《ものまね》が恥ずかしいという意味だろうか。友達には「似てるー」と好評だったので、しゅんとなる。

井上先輩は、ちょっぴりひきつった顔で、

「えーとじゃあ、三題噺《さんだいばなし》でも、書いてみようか」

「三題噺、ですか？」

なんだろ、三題噺って？

「まぁ、普通かな」

きょとんとするわたしに、「座って」と優しく言い、机に原稿用紙を載《の》せる。

バラで売っているやつじゃなくて、B五サイズでノートみたいになっているやつ。

「これからぼくが三つ単語を言う。それを入れて、作文でもお話でも、詩でも、なんでもいいから書いてみて。制限時間は五十分でいいかな？」

「了解です」

調子よく答えたものの、作文――。小学生のとき授業で書かされたけど、正直苦手《にがて》だ。大丈夫かなぁ。

井上先輩がポケットから銀色のストップウォッチを出す。手のひらに包むように大事そうに持ち、わたしの目を見て微笑んだ。

「じゃあ、今日のお題は〝入学式〟〝桜〟〝プール〟で。はい、スタート」

「あわわっ」

ペンケースからお気に入りのおひさま色のシャーペンを出して、原稿用紙に向かう。

入学式――桜――は、どうにかなりそう。でもプールって……？

『入学式で桜はとっくに散っちゃってた。プール開きはまだ先だ』とか――。あぁ、二行で終わっちゃう。五十分も時間をかけて書くってことは、それだけじゃダメってことだよね。もっと波瀾万丈《はらんばんじょう》なストーリーとか、ガツンとくるインパクトが必要なんだ。

でも、入学式とプールで波瀾万丈って？　そこに桜をからめるって一体どういう話にすれば……。

頭の中に、桜の花びらが、ひらひらとこぼれた。

燃えるように真っ赤な夕日。

頬に、髪に、花びらをつけたまま、泣いている男の子——。

井上先輩は、ノートパソコンのキィを叩いている。

かたかた……かたかた……。

とても課題に集中できず、わたしは尋《たず》ねた。

「井上先輩」

「はい」

「わたしと井上先輩って、この前、中庭で会いましたよね？」

「……そうだっけ」

かたかた鳴る音がほんの一瞬だけ止まり、なにごともなかったように続いてゆく。

「井上先輩、わたしを見て驚いていたでしょう？　どうしてですか」

「ああ……木蓮《もくれん》の下に立ってたの、日坂さんだったんだ」

さも今思い出したという風に、つぶやく。

「木蓮？　あの木、木蓮なんですか」

「うん……。少し前まで白い花がいっぱい咲いてたんだ。雪が降り積もったみたいでね……綺麗だったよ。今年は春が来るのが早かったから、全部落ちちゃったけど」

散ってしまった花を惜《お》しむような、切ない声だった。瞳も少し寂しげだ。

「井上先輩が驚いていたのは、花が一晩で散っちゃったとか、そういうことですか」

するとおかしそうに、くすりとした。

「違うよ。きみが紙を食べていたからだよ」

「へ？　えええええっ、た、食べませんよぉっ！　あれは、たまたまくわえてただけです」

「うん、そうだよね。でも、食べているように見えて、びっくりしたんだ」

「紙を食べる女子高生なんていません」

「……そうだね」

ひっそりと、井上先輩が微笑む。

あ、まただ……。

あたたかいのにどこか切ない感じのする笑みに、胸がきゅーっとし、引き寄せられる。

校庭で泣いていた顔が、あのとき感じた苦しさやもどかしさとともに、よみがえる。

「日坂さん、もう二十分経《た》ったよ。早く書かないと時間がなくなっちゃうよ」

「わわ、はいっ」

焦って、原稿用紙に向かうフリをする。けれどやっぱり井上先輩の顔を、こっそり見てしまう。

井上先輩は真面目な表情でパソコンに向かい、キィを叩いている。

不思議だ……。入学式の前に夕暮れの校庭で見たときは、守ってあげなきゃいけないような弱々しくて頼りない人に見えたのに、今画面を見つめる顔は、別人のように落ち着いていて、大人っぽい。

校庭で泣いていたときは子供だったのに、こんな短期間で人は大人になるものなのだろうか。それとも、こっちが本当の井上先輩なの？

綺麗な顔……。女の子みたいに優しい目鼻立ちで、樹役で名演技を見せた穂積里世ちゃんに、ちょっと似ている。

画面の文字を追う目が、澄んでいる。

「井上先輩は、なにを書いてらっしゃるんですか」

「小説」

低い声で、答える。

「それより残り十五分だよ」

「はわっ」

入学式、桜、プール、入学式、桜、プール、入学式、入学式、桜、桜、桜、プール、プール、プール、プール。

ＨＢのシャーペンを握りしめ、夢中で仕上げた。

「はい、そこまで」

「で、できました〜」

たった十五分の間に寿命が三ヶ月分くらい縮《ちぢ》んだ。テニスの素振《すぶ》りを十五分猛《もう》スピードでしまくった気分だ。ハードすぎる。

原稿用紙五枚に渡る、わたしの力作を井上先輩が読みはじめる。

「プールが百万個ある学校って、その……しゅ、シュールだね……。そこにゾンビと化した桜の木の群れがプールの水を求めて、土埃をもうもうと上げて攻め寄せてくるんだ……ゾンビの桜って一体……。あー……桜にも派閥《はばつ》があるんだね……それでその……入学式でゾンビ同士が激突して、俺たちの戦いはこれからだって……。ゾンビの桜が夕日に向かって叫ぶのって、少年漫画の打ち切りエンド……？」

井上先輩は、うーん……と眉根《まゆね》を寄せてしまった。

わたしはきっぱり言った。

「テーマは、死んでも波瀾万丈です」

「てゆーか……荒唐無稽《こうとうむけい》。それと文章が……『桜。来た。土煙。もうもう』って単語ごとに改行するの、あまり効果ないと思う」

「そこは携帯小説風味《ふうみ》で」

「あれは小さな画面で読むから、テンポのいいリアルな文章になるんだよ。改行がまったくないのも読みにくいけど、日坂さんのは改行しすぎ」

井上先輩が、どんどん難しい顔になる。

「全然ダメですか」

「全然ってわけじゃないけど……う――――ん」

また眉根を寄せたあと、ふいに、やわらかな顔になった。

「この話を食べたら、真《ま》っ赤《か》なチリソースであえた素麺《そうめん》にクランベリージャムと生クリームをトッピングして、その上からマスタードと唐辛子《とうがらし》をふりかけたような味がするんじゃないかな」

そうつぶやいて、小さく――笑った。


胸がドキン！　と高く跳《は》ね上《あ》がるような、甘い、甘い、目だった。

瞳から、やわらかな光があふれ出そう。

うわぁー。うわぁ！　なに、この笑顔っ！

これまで見せてくれた涼しい微笑みも素敵だけど、それより格段に甘い――心をすっかり許しているような、はなやいだ笑顔。

それはまるで綿菓子《わたがし》みたいな甘さを残して、一瞬でとけてしまったけど、わたしは心臓が爆発しそうなほど動揺した。急にこんなまぶしい顔するなんて、反則すぎる。

鼓動《こどう》が鳴りやまないわたしに、井上先輩がさらりと言う。

「アイデアはおもしろいと思う。けど日坂さん、きみ本当は、あまり本を読まない人でしょう？」

「うっ」

声をつまらせる。

「やっぱりそうなんだ」

「って、わ、わたしはまだ答えてません――いえ、その、当たり……ですけど。スミマセンっ！　好きですと言ったのは勢いというか、えっと、高校生になったのだから、これまでと違う世界の扉《とびら》を叩いてみようと――あ、でもっ、軽い気持ちじゃないです。わたし、ちゃんと真剣ですから。ずっとずっと想ってましたっ」

なんだかもう言い訳してるんだか、どさくさにまぎれて告白してるんだか、わからなくなってきた。顔が熱い。

井上先輩は面食《めんく》らっていたけれど、またすぐに、くすっとした。

「じゃあ、せっかく文芸部に入部してくれたんだから、もう少し本を読んでみようか」

「はい。今日、井上ミウの『青空《ソラ》に似ている』を買って帰ります」

息をつまらせて断言すると、慌てたように、

「ミウより、こっちがお薦《すす》めかな」

本棚から古い文庫本を抜き出した。

「『デミアン』……ですか？」

「うん、ヘルマン・ヘッセ」

「わー、わたし、ホラーとかスプラッタとか大好きなんです。これならさくさく読めそうです」

井上先輩は、ものすごく奇妙《きみょう》な顔をした。

「スプラッタ？」

「はい、デミアンって６６６のデミアンですよね。十三日の金曜日にチェーンソー振り回して、大暴れするんですよね」

「金曜日に暴れるのはジェイソンじゃないか？　それに６６６は『オーメン』のダミアンだよ」

「ええっ！　これ、『オーメン』の原作じゃないんですか」

「違うよ。ヘッセ、知らない？　ドイツの有名な作家だよ。『車輪の下』とか夏休みに推薦《すいせん》図書で読まなかった？」

「はぅ！　その、『あすなろ物語』とか、かすかに覚えてますけど、車輪は記憶が……

やっぱりわたし、無知ですね。わたしのような半端者でも読めるでしょうか」

おずおず尋ねると、井上先輩は焦ったように、

「ごめん、バカにしたわけじゃないんだ」

と謝《あやま》り、お兄さんみたいな優しい顔になった。

「ぼくも文芸部に入部するまで、名作や古典をあまり読まなかったよ。なんだか小難《こむずか》しそうだと思って敬遠《けいえん》してた。けど、前の部長が、食べちゃいたいくらい本が大好きでね
……楽しそうに、幸せそうに、いろんな本の話をしてくれたんだ。

チェーホフは落日《らくじつ》のボルシチの味だとか、独歩《どっぽ》の『武蔵野《むさしの》』は五穀米《ごこくまい》で握ったおむすびの味だとか、武者小路《むしゃのこうじ》は料亭の豆腐《とうふ》料理の味がするとか」

あ、さっき言ってた「チリソースであえた素麺」みたいな味って、そういうことか。

その人のことを語る井上先輩はとても嬉しそうで、きっとたくさん本を紹介してくれた先輩を尊敬していたんだな、と思った。その人のおかげで名作や古典を読むようになったのだと、甘い顔で言っていた。

そんな井上先輩に、わたしはドキドキした。

「だから日坂さんも、本を読みながらいろいろ想像してみるといいんじゃないかな」

「想像？」

「そう。たとえば、『デミアン』は、黄味《きみ》がどろりとやわらかいピータンみたいな味が

するんだ」

「ピータンって、中華料理の？」

井上先輩が愛《いと》おしそうに目を細める。

「うん。あの周りが黒くて中が深緑色の、ゼリー状のやつ。ピータンはあひるの卵を、木炭の入った粘土《ねんど》でくるんで、その上から籾殻《もみがら》をまぶして、冷暗室に貯蔵《ちょぞう》して作るんだ。そうやって籾や粘土を落として、殻をむいて半月型に切り分けて食べると、香ばしくて酸《す》っぱい味がするんだ。この『デミアン』もね」

井上先輩があらすじを説明してくれる。やわらかで、涼しい声に、わたしは夢心地《ゆめごこち》になる。

「裕福な家庭に育ったシンクレールは、転入生のデミアンに出会う。デミアンは独特《どくとく》の雰囲気《ふんいき》を持つ大人びた少年で、シンクレールに聖書の話をするんだ。アベルを殺したカインこそ気高《けだか》く優れた人間で、世の中には善と悪の二面があり、どちらか一方だけを否定してはならないんだって——。

ヘッセはこの作品を、はじめ主人公と同じエーミール・シンクレールという名前で発表して、それまで信じられていた世界や教えに、それは本当に正しいのかという疑問を突きつけたんだ。

そんな風に、この物語はぼくらが普段食べ慣れない——奇妙で複雑で酸っぱくて、けれど惹《ひ》きつけられる味がするんだって——。黒くて固いゼリー状の白身や、どろりとした黄身が後を引いて、わずかに残るアンモニア臭にも幻惑《げんわく》されてしまう。青春と背徳《はいとく》の味なんだ」

青春と背徳の味——。

井上先輩が語るその味を舌の上に思い浮かべて、くらっとする。

「読みます、読んでみます！」

すごい贈《おく》り物《もの》をもらったみたいに興奮《こうふん》して、『デミアン』を受け取ったのだった。

家に帰って、さっそくページを開く。

最初の三ページで、頭の中にクエスチョンマークが飛び交った。

『すべての人間は、彼自身であるばかりでなく、一度きりの、まったく特殊な、だれの場合にも世界のさまざまな現象が、ただ一度だけ二度とはないしかたで交錯《こうさく》するところの、重要な、顕著《けんちょ》な点なのだ』

困った！　さっぱりわからない！

冒頭《ぼうとう》ばかり五回も読み返す。なにかすっごいことを言っているのは伝わってくるのだけど、それがなんなのか、わたしのお粗末《そまつ》な頭では理解できない。ぐるぐる考えているうちに眠くなってきた。

いやダメだ。せっかく井上先輩が勧《すす》めてくれたのだから、最後まで読まなくては。

とりあえず、わからない部分はわからないまま読み進めてゆく。

シンクレールが不良からお金をせびられて、それを転校生のデミアンに助けてもらうあたりはまだ理解できて、おっ、イケるかもと気持ちが上向きになった。でも、またたちまち、疑問に思うことや、わからないことが、アメーバーの細胞分裂《さいぼうぶんれつ》並みの勢いで増えてゆく。

うんうん唸《うな》りながら、夕食やお風呂《ふろ》を間に挟んで気分を変えつつ、どうにか最後まで辿《たど》り着《つ》いたとき、夜が明けていた。

わたしの目は充血《じゅうけつ》し、途中からベッドに転がって不自然な体勢で読んでいたので体の節々《ふしぶし》が痛み、頭の中は意味のわからない単語や文章で渦巻《うずま》き状態だった。

デミアンは結局何者だったの？　シンクレールはどうなったの？　アプラクサスってなに？　？　？

そういえば、わたしはピータンは、あの色合いが苦手で食べられなかったんだと気づいたのは、深い敗北感とともに本を閉じたあとだった。

あぅー、もっと国語の勉強をしておけばよかった。井上先輩に感想を訊《き》かれたらどうしよう。

「日坂さん」

「は、はいっ！ 今読んでます！ 誠心誠意《せいしんせいい》、読んでます！ もう少々お待ちくださ い！」

「まだなにも言ってないよ」

「そ、そうですね、すみません」

「『デミアン』のことなら、いつ返してくれてもいいよ。どうせ部員はぼくと日坂さんしかいないんだから」

「いえ、あのっ。あまりに感動しすぎて手放しがたくて、十回目の再読の最中で……」

しどろもどろで苦しい言い訳をし、一週間が過ぎた。

「ねぇ、日坂さんって文芸部なんだって？」

休み時間に、新しいクラスメイトが話しかけてくる。

「部長の井上先輩、いいよね。あんな人が先輩だなんてうらやましい。井上先輩って、芥川先輩といつも一緒にいるから目立つんだよね」

「うんうん、芥川先輩とタイプの違う繊細系《せんさいけい》美少年って感じでさ。あたしの友達も、井上先輩のこと、いいって言ってたよ」

他の子たちも興味津々《きょうみしんしん》の顔で集まってくる。

知らなかった。井上先輩って、女の子に注目されてたんだ。

そういえば、ほっしーも話してた。井上先輩は二年生までは目立たなかったけど、三年生になって急に大人っぽくなって、素敵になったらしいって。

「けど日坂さんすごいよねー。いきなり井上先輩に告白したんでしょ」

「ええっ」

「弓道部に見学に行った子たちが話してたよ。日坂さんが、みんなの前で井上先輩に『好きです』って言ったって」

「ち、違うよ！　文芸部に入部させてくださいってお願いしただけだよー、本が好きなんですって」

慌てて否定する。

「なーんだ。でも日坂さんも井上先輩目当てでしょ」

「うっ」

「日坂さん、文学少女ってタイプじゃないものね。わかりやすすぎ」

「そんなことないよ、わたしだって本くらい読むよ」

「井上ミウとかでしょ」

「それも、漫画版しか読んでない」

「ううっ」

どうしてたかだか十日くらいで、わたしという人間をそこまで見透《みす》かされているのだろう。

「さ、最近『デミアン』とか愛読してるし」

「それ、井上先輩のお薦めでしょう」

鋭どすぎる。

「あー、いいなぁ。好きな人と二人きりで部活なんて」

「日坂さん結構可愛いし、告白したらうまくいくんじゃやない」

「そしたら、井上先輩に頼んで芥川先輩紹介してもらって！」

「わわ、そんな」

わたわたしていると、後ろで冷ややかな声がした。

「でも井上先輩、彼女いるって聞いたよ。三年の琴吹《ことぶき》さんって美人」

周りがシンとなる。わたしの後ろの席で、頬杖《ほおづえ》ついて横を向いたままつぶやいたのは、幼なじみの冬柴瞳ちゃんだった。

さらりとした髪をショートカットにした瞳ちゃんは、氷雪系の美少女で性格もクールだ。いつも超然としていて、こんな風に話に割り込んでくること、めったにないのに。

「あ、でも、あたしも聞いたこと、ある……。図書委員の人だよね？　去年井上先輩と同じクラスで、スタイルも抜群《ばつぐん》で、男子にすごく人気の先輩だって」

別の子が、遠慮《えんりょ》がちにつぶやく。

「やっぱりねー、井上先輩に彼女いないわけないよ」

「元気出して、日坂さん」

みんなから口々になぐさめられて、わたしは頭の中が真っ白になっていた。

昼休み、わたしは図書室を訪《おとず》れた。

井上先輩の彼女の琴吹さんを見るためだ。うじうじ悩んでいるのは性《しょう》に合わない。その人が本当に井上先輩の彼女なのか、確かめなきゃ。

カウンターで貸し出し作業をしているのは、がっちりした体型の男子だ。今日は琴吹さんはいないのかな？　適当に手に取った分厚《ぶあつ》い本を胸に抱えて、カウンターの前を、未練《みれん》がましくうろうろしていたら、奥にあるドアが開いた。

あっ——と思った。

そこから出てきた女生徒が、とっても美人だったからだ。

肩の下で自然に跳ねるようにカットされたセミロングの茶色の髪、女らしくふくらんだ胸、綺麗なラインを描く腰、揺れるスカート、細くて綺麗な足。

唇《くちびる》をつんと尖《とが》らせて、無愛想《ぶあいそう》で目つきもきついけど、文句《もんく》なしに美人だ。

カウンターにいた男の子が、「琴吹先輩」と話しかけるのを聞いて、さらに心臓が跳ね上がる。

やっぱり、この人が琴吹さんなんだ！

わたしはカウンターの前に突っ立ったまま、食い入るように見つめてしまった。

すると向こうも不審そうにわたしを見た。目があうなり、険《けわ》しい顔で睨んでくる。

「その本、借りるの？」

ぶっきらぼうに訊かれて、びくっとする。

急に恥ずかしくなって、頬と頭に血がのぼり、

「あ、その、えーと——」

と、うろたえると、

「借りるの？　借りないの？」

怒っているようなきつい声で、問いつめられた。

恥ずかしさに惨《みじ》めさがプラスされ、いたたまれなくなり、

「か……借ります」

おずおずと、『カラマーゾフの兄弟』を差し出したのだった。


かたかた……かたかた……。

狭い部室に流れる、鳴りやまないキィの音。

やわらかで優しくて、不快では全然ないけれど、気持ちが揺れる。

その音が、ふいに止まった。

「どうしたの、日坂さん。お題が難しかった？」

「いいえ」

わたしは、おひさま色のシャーペンを握りしめたまま、原稿用紙を見下ろしていた。

今日のお題は〝電卓〟〝窓〟〝カンガルー〟――。まだ一文字も書けていない。

「じゃあ、心配ごとでもある？」

気遣《きづか》うように尋ねる。

シャーペンを握りしめる手に、汗がじりっとにじんだ。

「と、友達に、好きな人がいて……」

なるべく普通の声で話そうとするけれど、いつもより声が小さくて、掠《かす》れそうになる。

「その人、部活の先輩で、すごく優しくて素敵な人で、友達は一緒にいるだけで、心臓が爆発しちゃいそうで……でも、先輩には、美人の彼女が、いるみたいなんです」

きっと井上先輩は、わたしがなにを話しているのかわからなかっただろう。それでもキィを打つ手を完全に休め、耳を傾けてくれる。

窓からまぶしい春の光が射し込んでいて、部室の中はいつも以上に静かだった。金色の埃がスローモーションの映像を見るように、ゆっくりと舞っている。

わたしは喉《のど》から必死に声を押し出した。

「……井上先輩は……つきあってる人、いますか?」

井上先輩は静かに答えた。

「いないよ」

「でも、琴吹さんは?」

とっさに口走り、胸がひやりとする。井上先輩が驚いている目でわたしを見ている。

どうしよう、余計なこと言っちゃった。

頬がカアッと熱くなる。

「そのっ、図書委員の琴吹さんと井上先輩がおつきあいしてるって、クラスの子たちが話しててっ。井上先輩なら恋愛のこととか詳《くわ》しいかな……と思って」

井上先輩の顔に陰が落ちる。けれど、すぐにやわらかく微笑んだ。

「琴吹さんは、ぼくにはもったいない人だよ。つきあっているなんて噂《うわさ》されたら、申し訳ないよ」

心臓が、ぎゅっと握りしめられるような痛み。

何故井上先輩は、こんなに切なそうな目をしているの？

「本当に……琴吹さんと、つきあってないんですか？」

「うん。日坂さんも今度聞いたら、否定しておいて」

「は、はい」

井上先輩は笑っているのに。

琴吹さんは彼女じゃないって、断言してくれたのに。

なのに喜べない。胸がざわざわして、不安がふくらんでゆく。

「で、でも、井上先輩、モテそうですよね。彼女がいないなんて不思議です」

「まさか。ぼくは全然モテないよ」

そうして、暗い眼差《まなざ》しになる。

「それに……誰ともつきあうつもりはないし」

冷たい水をいきなり顔にかけられた気分だった。体から血の気が引く。

「どうして、ですか」

「今は小説を書くことで、精一杯だから」

厳しく澄んだ眼差しをパソコンの画面へ向け、きっぱり答える。

その瞬間、二人の間に目に見えない壁が出現したようだった。わたしの言葉が届かない世界に、井上先輩が一人きりで立っているような、冷たく孤独な横顔――。

体がますます冷たくなり、わたしは小さな声で訊いた。

「井上先輩は、どんな小説を書いてるんですか」

前髪がさらりと揺れた。伏せた瞳に切ない光がにじむ。

「……別れの物語だよ」

三月の夕暮れ、誰もいない門に向かって張り裂けそうな声で叫んでいた井上先輩を思い出し、息が苦しくなった。

あのとき、井上先輩は、誰の名前を呼んでいたの？

あんなに苦しそうな切ない顔で、一体誰を。

「その小説、わたしも読んでみたいです」

何故井上先輩が誰ともつきあわないなんて言うのか。何故たまに哀しそうな顔をするのか。わからないことだらけだ。

井上先輩が困ったように微笑む。

「まだ完成していないから、ダメだよ」

「完成したら、読ませてもらえます？」

「そうだね……いつか本になって、たくさんの人に読んでもらいたいと思っている」

パソコンを見つめる眼差しが、また厳しくなる。息をのむほど凛《りん》とした、戦う少年の
——美しい横顔——。

そうして、強い想いのにじむ声で、付け加えた。

「遠くにいる人にも」


このとき、わたしが感じた気持ちを、どう語ればいいだろう。

敗北感や、疎外感《そがいかん》や、苛立《いらだ》ちがごちゃまぜになったような——、頭をガツンと殴《なぐ》られて、そこが熱く燃え立つような——。

こんな狭い部屋に二人きりなのに、井上先輩の目はわたしを見ていない。

わかってしまった。


井上先輩には、好きな人がいる。

だから、誰ともつきあわないと言っているのだ。

息ができないほど喉が締めつけられ、心臓が痛くなり、わたしはシャーペンを握りしめたままうつむいた。

課題の三題噺は、二行以上書くことができなかった。

落ち込むわたしを、井上先輩はなぐさめてくれた。

「書こうとしても書けないときってあるよ。そういうときは無理して書かないほうがいい。そのお題は次に回そう。それまでアイデアを練《ね》っておいて。日坂さんの話、意外性があって結構お気に入りなんだ。期待してるよ」

と、優しい声で言う。

友達の恋で悩んでいるという、わたしの見え見えの嘘《うそ》を信じたのだろうか？　わたしはそんなに範囲外なのだろうか？

そう思ったら、ますます喉の奥がひりひりして、泣きたくなった。


その夜、ベッドの中で考えに考える。

きっと井上先輩が想っているのは、あのとき校庭で名前を呼んでいた人だ。

パソコンに向かってキィを叩きながら、井上先輩はずっと、心の中にいる彼女のことを見つめていたのだ。

二人きりの部室で、ドキドキして頬を熱くしていたわたしのことなんて、これっぽっちも目に入っていなかった。

負けたくない。

喉が震え、シーツをぎゅっと握りしめる。

一度も会ったことのない彼女に、わたしは胸が焦げつきそうなほど嫉妬《しっと》せずにいられなかった。

井上先輩を哀しませている人に、負けたくない！

翌日、放課後になるなり、文芸部へ向かった。

いつもは教室でクラスメイトとしゃべっていて遅くなってしまうのだけど、今日はホームルームの終了と同時に席を立ち、教室を出る。

負けたくない！

負けたくない！

もう見ているだけなんてダメだ。わたしの気持ちを井上先輩に伝えて、わたしのほうが井上先輩のことをずぅぅぅぅっと想ってるって、わかってもらうんだ。

気合いを込めて、部室のドアを開ける。

井上先輩はまだ来ていない。

机の上にノートパソコンが置いてあるのを見て、ドキッとした。

休み時間にここで小説を書いていて、そのまま教室へ戻ったのだろうか……。

今なら、中を見ることができる。井上先輩が書いている小説を読むことができるかも。

そんな考えが浮かんで、頭の芯《しん》が熱くなった。

もちろんダメに決まってる。人のものを勝手にのぞき見るなんて、最低だ！

でも、その小説を読めば、井上先輩の気持ちがわかるかもしれない。

何故彼女のことを、あんなに想い続けているのか。彼女のなにが井上先輩をそこまで惹きつけているのか。

いけないと思うほど鼓動が高まり、喉がひりつくような欲求が込み上げてくる。

だって、彼女に負けたくない。

泣いている井上先輩を残して、一人で遠くへ行ってしまった人になんか。

彼女は井上先輩のこと、好きじゃなかったんでしょう？

だから井上先輩を振ったんでしょう？　あんな風に置き去りにできたんでしょう？

そんな人より、わたしのほうが井上先輩をずっとずっと好きだし、ずっと幸せにできる。

冷たく光るノートパソコンから、目をそらせない。

喉がどんどん渇《かわ》き、指先が冷たくなる。見たい、見たいっ、どうしても見たい、井上先輩の心を知りたい。こんなチャンス、二度とない。

固い唾《つば》を飲み込み、わたしはパソコンの蓋《ふた》を持ち上げた。

こわばった指で電源を入れた瞬間、全身に鳥肌《とりはだ》が立った。

パソコンが生命を持ったように唸《うな》り、画面が立ち上がる。

表示された数個のフォルダの中に、〝文学少女〟とタイトルがついたものがある。

わたしは真っ先にそれを開けた。

緊張が極限《きょくげん》まで高まり、目の前がかすみ、耳の奥がキーンと鳴る。

文章ソフトが開き、画面に最後のページが表示される。

カーソルで前へ前へ戻りながら、むさぼるように、細かい文字を追った。

それは、少女と少年の、別れのシーンだった。

わたしの目に映っているのは、ただの文字なのに、まるでスクリーンで映画を見るように、景色や人があざやかに浮かび上がってくる。

夜が来る前の、ほんのわずかな奇跡《きせき》の時間、やわらかな金色に染まる校庭。

舞い落ちる白い花びら。

少女と少年が交わす、最後の言葉。

大切な約束。

門へ向かって、歩き出す少女。

揺れる長い三つ編み。振り返らない背中。
少女の名前を呼びながら、追いかけてはいけないと、必死に自分に言い聞かせる少年。
追ってはいけない。
それが約束だから。
二人ではなく一人で、門の先へ進んでゆこうと誓ったから。

『――先輩……っっ！』

井上先輩の声が生々しくよみがえり、胸を突き刺した。
断ち切れそうな、哀しい声。
白い頬に、こぼれ落ちてゆく涙。絶望に染まった儚げな横顔。

『――先輩っ！　先輩っっ！』

いかないでくださいっ、いかないでくださいーー。
少年が、どれだけ少女を必要としていたか。少女の優しい手に抱きしめられて、どれほど守られていたか、救われていたか――二人がどれほどかけがえのない、あたたかな日々を過ごしていたか。

この夕暮れの別れのシーンに、すべてが込められている。

少女が同じくらい少年を想っていたこと。なによりも、誰よりも、大切な存在だったこと。

だから別れを決めたのだと。

全身に、痺《しび》れが駆け抜ける。

こんな——こんな別れがあるなんて！

好きなのに、想いあっているのに、別れなければならないなんて！

なのに、そこに描かれた光景は、胸が締めつけられるほど、幸せで、あたたかくて、切なくて——。

少女の愛情が、伝わってきて、
少年の決意が、伝わってきて、
言葉のすべてが、想いのすべてが、黄昏《たそがれ》の金色の光に染められたように、あたたかく輝いていて——。

気がつくと、頬に涙がぽろぽろこぼれ落ちていた。

止めようとしても止まらなくて。視界が水たまりのように揺れて、ぼやけて、これ以上読めない。

胸が痛くて、切ない。

わたしは、こんなに深く誰かを想ったことなんてない。

自分自身よりも相手のことを大切に思うような、それほどの想いを、わたしは知らない。魂《たましい》と魂が重なり合うような、そんな絆《きずな》を、そんな恋を——わたしは知らない。

涙はどんどんこぼれてきて、唇を噛《か》んで嗚咽《おえつ》を必死に噛みしめながら、震えていた。

もうすぐ、井上先輩が来る。

ぐちゃぐちゃの泣き顔を見せるわけにいかず、パソコンを閉じ、部室を飛び出した。

階段を下へ下へと駆け下りる。どこへ行こうとしているのか、わからない。心臓が握り潰されているみたいに痛くて、膝《ひざ》もがくがくするけれど、足が止まらない。

一階に辿り着き、上履《うわば》きのまま校舎の外へ走り出た。

ただもういろいろショックで、哀しくて、行き先がわからないまま、灰色のアスファルトを走って走って走って、それでも心の中で荒れ狂う痛みは、少しもおさまらない。

恥ずかしいっ。

人の心を、あんな風に盗み見るなんて。

わたしのほうが井上先輩を幸せにできると、うぬぼれていたなんて。

井上先輩たちが、どんな気持ちで別れたかも知らなかったのに。二人の絆も、想いも、恋も、なにひとつわかっていなかったのに。

わたしはバカで子供だった。二人の恋に、完全に打ちのめされた。わたしの恋なんて、憧《あこが》れの域《いき》を出ていなかった！

頭も、頬も、喉も、灼けるように熱くて、めちゃくちゃに走りすぎて、肺が爆発してしまいそうで。

膝が崩《くず》れて走れなくなり、わたしはどこかの土手《どて》にしゃがみ込み、膝に顔をうずめてめそめそ泣いた。

疲れはてて抜け殻みたいになりながら、どれくらい涙をこぼして、うずくまっていただろう。

風が冷たくなり、お尻《しり》も冷えてきた。

これからどうしよう……。

文芸部、やめようかな……。

井上先輩があんなに強く彼女を想っていることを知ってしまったら、辛《つら》くて二人きりで部活なんてできない。わたしがいくら好きになっても無理だ。かなわない。

ああ、あっというまに失恋しちゃったな……と、鼻をすすり、顔を上げたとき——。

まぶしいオレンジ色の光が、目を射た。

バカみたいに大きな夕日だった。

体ごとすっぽり飲み込まれそうなほど、大きな大きな——それが河原《かわら》の向こうに、ゆっくりと、落ちてゆく。

川も、土手も、わたしの手足もスカートも、真っ赤に染まっている。

目と口を大きく開いて見ていたら、ひどく心が揺り動かされて、胸の奥が熱くなってしまった。

ああ……綺麗だなぁ。

失恋したのに、なんて綺麗な夕日なんだろう。

井上先輩にはじめて会った日も、こんな風に世界があたたかな夕日に包まれていた。

誰かの名前を呼びながら、泣いていた男の子。

それはまるでスクリーンの中の物語を見るようで、わたしは声をかけることも駆け寄ることもできずに、鉄柵《てつさく》を握りしめていたんだ。

彼の側《そば》に行きたい。話しかけて、なぐさめたい。

泣きたいほどに強く願いながら——。

そうだ、それは叶《かな》ったんだ。

井上先輩に会いたくて会いたくて、捜して捜して、ヘッセも芥川もろくに知らないのに、勢いで文芸部に入部して、二人きりで話をした。井上先輩の、最高に素敵な笑顔を見ることもできた。

それはきっと、奇跡みたいにすごいことなんだ。

夕日を見つめるわたしの胸の中に、やわらかな芽が地面から吹き出るように、井上先輩の顔が、次々浮かんでくる。

文芸部に入れてくださいと言ったとき、目を丸くしてわたしを見おろしていたことや、わたしの書いた三題噺を、困ったように眉根を寄せて読んでいたこと、『素麵をチリソースであえたみたいだね』と言って、素敵に笑ったこと。『デミアン』はピータンの味だって教えてくれたこと。

井上先輩のことばかり、思い出す。井上先輩の顔ばかり、浮かんでくる。

世界が夕日の色に染められるように、わたしの心も井上先輩でいっぱいになる。

辿り着いた答えは、とても単純だった。

その夜わたしは、課題の三題噺を書き上げた。

〝電卓〟〝窓〟〝カンガルー〟――どうしたら気持ちが伝わるか考えながら、一生懸命に。

翌日それを持って、文芸部を訪れた。

「昨日は部活をサボってすみませんでした。家でお題を書いてきたので読んでください」

「そう、楽しみだな」

井上先輩はいつもと同じ優しい顔で、原稿用紙を受けとり、読みはじめた。

「へぇ、巨大な電卓があるんだね……カンガルーがぴょんぴょん飛び跳ねて、ボタンを押しながら計算してるんだ……うん、なかなかおもしろいよ」

カンガルーは、計算する。

自分の心の中にある、恋する人への想いを、その数値を。

けど、いくら計算しても、答えは出ない。数字から数字へ、ぴょんぴょんぴょんぴょん飛び跳ねる。

「このカンガルー、同じ学校の……先輩が、好きなんだ……」

井上先輩が、ほんの少し戸惑いの表情を浮かべる。

先輩に恋するカンガルー。井上先輩は、わたしが友達のことを書いたと思っているだろうか。

わたしは息をひそめて、井上先輩の反応を見守っている。

「すごく、気持ちがにじんでいて、いいね」

つぶやいて、二枚目の原稿用紙をめくり、三枚目の原稿用紙を目にしたとき、井上先輩の顔に、はっきりと驚きが広がった。

計算に疲れたカンガルーは、窓ガラスに恋する人への気持ちを綴《つづ》る。

息を吐きかけ、
不器用《ぶきよう》な指先で、

『井上心葉先輩が、大好きです』

井上先輩が目を丸くしたまま、わたしのほうへ顔を向ける。

「冗談《じょうだん》がすぎるよ、日坂さん」

わたしは椅子に座り、井上先輩を見つめ返していた。机の下で握りしめた手が震えていることに、井上先輩はきっと気づいていない。真正面から堂々と見つめるわたしが、内心怖くて恥ずかしくて、逃げ出したかったことも。

「冗談じゃありません。本気です」

「……日坂さん」

井上先輩が、弱りきった顔になる。

わたしは立ち上がり、両手を膝の上でそろえて、ぺこりと頭を下げた。

「すみません、昨日、井上先輩のパソコンの中をのぞいてしまいました」

「ええっ」

「小説の最後のほうを、読んでしまいました」

「……！」

「井上先輩の気持ちを、どうしても知りたかったんです。してはいけない恥ずべき行為でした。二度としません。深く反省しています」

目を白黒させ声をつまらせていた井上先輩が、みるみる暗い顔になり、低い声で言う。

「……読んだのなら、わかるだろう。ぼくは誰ともつきあわないって。だから日坂さんの気持ちも受けとれない」

予想していたけれど、胸にナイフが刺さったみたいだった。

「望みは、まったくないですか」

「ゼロだと思う」

「そうですか」

「ごめん」

「いいえ」

わかっていた。

井上先輩は、断るだろうって。

頬を赤らめて、ただ憧れているだけじゃ、絶対に手に入らない人だって。

「わたしのほうこそ、ごめんなさい」

「！」

井上先輩が目を見開く。

わたしは井上先輩のほうへ顔を寄せ、頭を引き寄せて、唇をあわせた。

心臓が、どくんと鳴る。

わたしの唇が、そのまま埋まってしまいそうに、やわらかであたたかな、井上先輩の唇。

大事にとっておいた、ファーストキス。

やってしまった。もう引き返せない。瞳ちゃんたちが呆《あき》れる顔が、目の裏に浮かぶようだ。

かかとを、とんっと床におろして顔をはなすと、井上先輩はなにが起こったのかわからない様子で、茫然とわたしを見おろしていた。

ヘッセの『デミアン』は、わたしにはまだ難しくて、読み解くことはできない。

けど、卵の中の雛《ひな》のように、黄色いくちばしで内側から殼をこつこつ叩き続けていれば、シンクレールの運命やデミアンの言葉を理解することのできる、文学少女になれるかもしれない。

そう、鳥は卵の中からぬけ出ようと戦う。

だから、下がりそうな眉に力を入れ、弱気な心を支えて、わたしは伝える。

「あきらめません。井上先輩が、大好きです」

〝文学少女〟見習いの、心中。

松本《まつもと》なごむが何故《なぜ》あんな大胆《だいたん》な行動をとったのか、その理由を正しく言い当てたものはいなかった。

内気で優しいなごむがしでかした、常識や倫理《りんり》を踏《ふ》み越《こ》えた恐ろしい行為が報道《ほうどう》されたとき、学校中が騒然《そうぜん》とした。

けれど、何故なごむがあんなことをしなければならなかったのか、なごむの苦境《くきょう》を見て見ぬふりをしていたクラスメイトや教師にわかるはずないのだ。

そして、あれほど連日テレビや雑誌に取り上げられ、無責任な議論や憶測《おくそく》が交わされたにもかかわらず、今は誰《だれ》もなごむのあの事件について語らない。

これまで起こった多くの血なまぐさい哀しい事件のひとつとして、思春期にはそういうこともあるのだろうと片づけられている。

きっと、自分だけが知っている。

なごむの、狂気としか見えない行動の理由《わけ》を。

なごむが自分の名を貶《おとし》めてまで、なにをあれほど守りたかったのか。

あれは、純愛では決してなかった。裏切《うらぎ》りと罠《わな》に満ちていた。

一章　わたしと心中しませんか？

「『曾根崎心中《そねざきしんじゅう》』は、鉄鍋餃子《てつなべぎょうざ》の味なんです」

パイプ椅子《いす》に体育座りし、膝《ひざ》にのせた本をめくりながら、わたしは朗《ほが》らかに断言した。

制服が夏服に替《か》わりはじめるゴールデンウイークあけ。

結局他に一年生は入部せず、三階の西の隅《すみ》にある部室には、わたしと心葉先輩《このはせんぱい》の二人きりしかいない。

心葉先輩は今日も古い机にノートパソコンを置いて、かたかたキィを鳴らしている。

むっつりした横顔は、この一ヶ月ですっかり見慣れてしまった。

「『曾根崎心中』って、ぶっちゃけタイトルまんまで、遊女《ゆうじょ》と醤油屋《しょうゆや》の手代が曾根崎の森で心中するお話なんです。じゅうじゅうと熱した鉄鍋に餃子を入れて、いっきに焼き上げるとゆーか、油がぱちぱち跳《は》ねて、スリリングなんですよー。

メインの心中シーンがすっっっごく苦しそうで、脇差《わきざ》しで喉《のど》をえぐっちゃったりするんです。餃子の皮が破けて、挽肉《ひきにく》やらニラやらが飛び出てきて大惨事《だいさんじ》って感じで、あっ、餃子の皮って、すぐ鍋にくっついて破けちゃうのは何故《なぜ》なんでしょう」

「……きみがよそ見をして、加熱しすぎるからじゃないか。でなきゃ油が足《た》りないんだ」

キィを打ちながら、そっけなく言う。

わたしは心葉先輩が口をきいてくれたのが嬉《うれ》しくて、にっこりして身を乗り出した。

「あー、それはそうかもです。よくお料理してると、焦《こ》がしたり煮詰《につ》めちゃったりしますから——わわっ！」

体を前に倒したとたん重心がずれ、パイプ椅子から転《ころ》げ落《お》ちそうになる。心葉先輩が、ぎょっとして腰を浮かす。

机を両手でつかんで、どうにか体勢を立て直すと、安堵《あんど》したように肩を落とした。

「はー、危なかったです」

「先週みたいに、本を巻き込んで転ぶのは勘弁《かんべん》してくれ」

「あれは本が雪崩《なだれ》を起こして大変でしたね。机の上もパソコンも埃《ほこり》だらけで、データぶっ飛ばなくて、よかったです」

「人ごとみたいに言うな。原因はきみだ」

心葉先輩がキッと睨《にら》む。

四月のあの一世一代の告白から、わたしたちはずっとこんな調子だ。

――あきらめません、井上《いのうえ》先輩が、大好きです。

キスと一緒《いっしょ》に宣言《せんげん》した日、心葉先輩はずいぶん長い間惚《ほう》けていた。

それから頬《ほお》をさっと赤らめ、眉《まゆ》をこれ以上ないほどつり上げて、ものすごく憤慨《ふんがい》した。

「な、なにするんだっ、いきなり」

「……すみません、あのぉ、はじめてでしたか？」

さすがに申し訳なく思って尋《たず》ねると、ますます真《ま》っ赤《か》になり、がっくりしているような、怒っているような、切なそうな顔で、

「そうじゃないけど……っ、でも、他の誰ともキスしないって決めてたのに……、たった一ヶ月でこんなのって――うわあぁ、なんで避《よ》けられなかったんだっ、あぁぅ……うわぁっ」

口元を手で押さえて深くうなだれ、たいそう自分を責めているようだったので、余計《よけい》に申し訳なくなって、

「責任は、とります」

後ろから肩にそっと手を置いて、誠意を込めて断言すると、

「とらなくていい！　さわらないでくれ！」

と、思いきり振り払われ、引かれた。

「わかりました。実力行使はもうしません。井上先輩に、わたしが本気だってわかっていただければじゅうぶんですから。そういうわけなので、これからも精一杯頑張《がんば》ります。どうか末永《すえなが》くおつきあいください」

深々と頭を下げるわたしを、心葉先輩は、次はなにをする気なんだと怯《おび》えたように見ていた。

それから二週間、まともに口をきいてもらえなかった。

部室で会って、

「こんにちは」

と笑って挨拶《あいさつ》しても、毛虫を噛《か》みつぶしたような顔でパソコンを睨んでいるし、三題噺《さんだいばなし》のお題も出してくれない。

なのでわたしは、辞書を適当にめくり、自分で勝手にお題を決めて、五十分の制限時間で書き上げて、それを心葉先輩の前で読み上げた。

三週目に突入したある日、心葉先輩がぼそっと尋ねた。

「きみ、まだ部活やめないの？」

「ええ、こんなに毎日冷たくされても通い続けるなんて、わたしもマゾだと思います。でもだんだん慣れてきて、先輩の嫌そうな顔を拝見《はいけん》するのも快感になってきたので、明日も明後日《あさって》もお世話《せわ》になります」

「それ、マゾじゃない！　サドだ！　ぼくが、きみにいたぶられてるんだ！」

「そうかもしれません。井上先輩もちゃんと部活に来てくださいね。もういきなりキスしたりしませんから。井上先輩からしてくれるまで、我慢《がまん》します」

「一生しないからっ、絶対ありえないからっ」

そんな会話を続けるうちに、心葉先輩もようやく折れて、

「きみのこと、ぼくに課《か》せられた試練《しれん》だと思うことにするよ、きみといると、仏陀《ぶっだ》やガンジー並みに忍耐力がつきそうだ」

と、溜息《ためいき》と嫌味《いやみ》をたっぷり練り込んで言ったのだった。

わたしは思わず涙ぐんでしまい、

「心葉先輩が、わたしのこと受け入れてくださって、嬉しいです」

と伝えたら、

「受け入れてないからっ。それに、ちゃっかり名前で呼ぶな」

と怒られた。

それでも、

「心葉先輩」

「心葉先輩」

と、呼びかけていたら、

「一回呼べば、わかる。ちゃんと聞こえてる」

と、渋々《しぶしぶ》応えてくれるようになった。

すごい進歩だ。

瞳《ひとみ》ちゃんに、

「心葉先輩が、名前で呼んだら、振り返ってくれたんだよぉ！」

と報告したら、

「まだあきらめてなかったの！」

と呆《あき》れられた。

心葉先輩には好きな人がいることも、わたしからキスしたことも、瞳ちゃんにだけは打ち明けた。

そのときも瞳ちゃんは目を丸くし、すぐ険《けわ》しい顔で「やめなよ、他に好きな相手がいる男なんて」と言ったけれど、わたしは笑って答えた。

「あきらめたくないんだ、だから頑張る」

瞳ちゃんは納得《なっとく》してないようで、それからあともたびたびわたしに尋ねた。

「……菜乃《なの》、あんた平気なの？　そんな冷たくされて、全然見込みがないのに側《そば》にいて、辛《つら》くないの？」

「うん、なんか幸せ」

ほんわり笑って答えると、心底驚《おどろ》いている顔をする。

でも、嘘《うそ》じゃない。

本当に、幸せなのだ。

好きな人がいる相手に恋をするなんて、辛いだけだと思っていたけれど、そんなことなかった。

放課後、ドアを開けて、かたかたというやわらかな音が聞こえるだけで、胸がはずむ。

わたしが三題噺を書いている間、その音はずっとずっと続いていて、顔を上げるとテーブルの向かい側に心葉先輩がいる。

窓から射し込む明るい日射しの中、伏せた睫毛《まつげ》や、綺麗《きれい》な首筋や、真剣な眼差しを、うっとりと見つめることができる。

もちろん、心葉先輩に無視されたり冷たくされたりして、胸が刺されたように痛むこともある。

家に帰って一人になったとき、今日もしゃべりすぎちゃったな、わたしの話滑《すべ》っていて心葉先輩シラけてたなーと、地面に穴を掘ってうずまりたくなることも。

それでも、告白する前の、誰にでも優しい心葉先輩よりも、今のなんでもずけずけ口にする意地悪《いじわる》な心葉先輩のほうが、ずっと身近に感じる。

「心葉先輩って、猫かぶってたんですね」

と言ったら、「ぼくは、もともと温厚なんだ！」とムキになって反論していた。

「ぼくが、こんなに腹を立てたのなんて、きみと――」

と言いかけて、不機嫌《ふきげん》そうに口をつぐんでしまい、

「きみと、誰ですか？」

と追及したら、

「話したくない」

子供みたいにむくれた。

そんなところも、素《す》のままの心葉先輩を見せてくれているようで、ドキドキする。

会話も、遠慮《えんりょ》がなくなった分、前よりはずんでいるし。これ以上印象が悪くなりようがないから気楽だ。なによりも、心葉先輩を好きだって隠さずに伝えることができて、嬉しい。

できれば心葉先輩にも、わたしを好きになってほしいけど……。

すごく難《むずか》しいことはわかってる。今のこの状態からの大逆転なんて、普通ありえない。

けど、あきらめたくない。

心葉先輩が好きな天野遠子《あまのとおこ》先輩は、今年卒業した文芸部の部長だったという。

大人から聞いた話では、長い三つ編みの、ほっそりした優しい雰囲気《ふんいき》の美人で、本が大好きで、自分のことを「ご覧《らん》のとおりの〝文学少女〟よ」と、笑いながら言っていたそ

うだ。

　今にして思えば、心葉先輩が語っていた、〝食べてしまいたいほど本が大好きな、前の部長〟というのが、天野先輩だったに違いない。なんか変わった人だなぁと思ったけど、わたしも〝文学少女〟を目指すと決めた。

　天野先輩が、心葉先輩に本を食べ物に喩《たと》えて蘊蓄《うんちく》を語ったのなら、わたしも同じことをしてやる。

　心葉先輩の心を捕らえている人に、わたしなりの方法で近づきたい。

　けれど、わたしの〝文学少女〟ぶりっこは、不評なようだった。

「その体育座り、誰に聞いたか知らないけど、全然なってないから。遠子先輩は上履《うわば》きは脱いでたし、足もそんなに広げてなかったし、そもそも〝ぶっちゃけ〟とか、『曾根崎心中』は皮が破れた餃子の味がするとか、言わなかった」

「はぁ、ではなんと？」

　心葉先輩の前髪《まえがみ》が、さらりと、まぶたにかかる。少しうつむいて、静かに答える。

「鴨鍋《かもなべ》みたいだって」

「鴨ですか？」

「そう……。鴨肉をすり潰《つぶ》してつくねにして、ネギや白菜《はくさい》や椎茸《しいたけ》と一緒に煮込むんだ。作品の底に流れる情がにじみ出るように、鴨の脂《あぶら》が染み出して、なんとも言えない深い味わいになるんだって。最後に入れるうどんもコシがあって、飲み込むとき喉が火傷《やけど》しそうになるけれど、それが無闇《むやみ》に美味《おい》しくて、体の隅々までジンと熱くなるって……」

天野先輩の声を、思い出しているのだろうか。

目を閉じて、切ない表情になる。

窓から吹き込む五月の風が、白いカーテンを静かに揺らす。

わたしの心も、揺れ動く。

平気だと思っていても、こんなとき、胸がひりひり疼《うず》く。

わたしじゃダメなのかな……。わたしがしてることって、無駄《むだ》なあがきなのかな。

そう、考えてしまう。

けどすぐに、明るい顔で言う。

「わかりました。では次は、近松《ちかまつ》の『女殺油地獄《おんなごろしあぶらのじごく》』でチャレンジします」

「てゆーか日坂さん、きみ、タイトルで読む本選んでないか？　この前もドストエフスキーの『悪霊』とトルストイの『闇《やみ》の力』で、わけわかんなくなって唸《うな》ってたろ。古典は、まだきみには難しいよ。『曾根崎心中』のテーマも、全然理解してないんじゃないか？　心中シーンしか覚えてないだろ」

「うっ、た、確かに……っ、近松は『冥途《めいど》の飛脚《ひきやく》』とか『心中天の網島《しんじゆうてんのあみしま》』とか、そそれるタイトルが多いんですけど、なんかびらびらしてて、読みにくいんですよね。『冥途の飛脚』も、ゾンビの飛脚が夜な夜な襲《おそ》いに来る話かと思ったら違うし」

「近松は、きみの好きなホラーでもスプラッタでもないから」

「はぁ、そうですね。登場人物が、やたら心中しますけど。近松って心中マニアだったんでしょうか。ぶっちゃけ『曾根崎心中』のお初《はつ》と徳兵衛《とくべえ》も、なにも死ぬことないのにな～と思っちゃいます。あぁ……っ！　また〝ぶっちゃけ〟って、言ってしまいました」

慌《あわ》てて口に手をあてるわたしに、心葉先輩が溜息をつく。

「近松を読むなら、時代背景も調べてみるといいよ。そうしたら、徳兵衛とお初が何故死ぬほど追いつめられたのか、想像できるかもしれないから」

「はい、了解です」

わたしは大きくうなずいた。

心葉先輩がアドバイスしてくれた！　頑張らなきゃ！　これも、文学少女への一歩だ。

早速その日のうちに、近隣で一番大きな図書館へ向かう。夜八時まで開館しているので、近松とじっくり向き合おう。

検索用のパソコンで読みたい本の在庫を確認し、請求番号と館内の案内図を見比べながら、棚の前までゆく。

「あれ？　このあたりのはずなんだけど」

画面では在庫ありになっていたのに、見あたらない。しかも一冊だけでなく、近松関連の本が並んでいたと思われる棚に、空白ができている。

しまった。わたしのように、近松のタイトルにインスピレーションを感じたホラー好きの人が、ほんの少し前にやって来て、洗いざらい持ち去ってしまったのだろうか。

はう、なにも今日じゃなくてもいいのに。

がっかりしながら、江戸時代のタイトルがついた本を何冊か選び、閲覧《えつらん》コーナーへ行く。

席を物色《ぶっしょく》していると、近松の本を大量に積み重ねて読んでいる人を、見かけた。

あ！　この人だ！

隣《となり》の席が空いていたので、そこに腰をおろし、ちらちら眺《なが》めてしまう。

猫の絵の可愛《かわい》いピンクのペンケースと、和風の赤い巾着《きんちゃく》の横に、二年生が使う古典の教科書が置いてある。

この人も高校生なんだ。

視線を手元から上へ移動させると、白いシャツに包まれた大きな胸や、なめらかな白い肌、ふっくらした赤い唇《くちびる》や、長いまつげや黒目がちの瞳が、次々に目に映った。それから、肩からこぼれる濡《ぬ》れたような黒髪も。

うわぁ、綺麗な髪！　それに美人で、大人っぽい！

なんだか、甘い匂いまでただよってくる。

わたしが見ていることに気づいたのか、向こうが警戒《けいかい》するようにこちらへ顔を向けた。

「あ、すみません。わたしも近松のこと調べようと思ってたので、つい」

慌てて謝《あやま》ると、緊張を解《と》いて、なごやかな顔になった。

「そうだったの。ごめんなさい。わたしが全部持ってきてしまったのね。よかったら、好きなものを読んでちょうだい」

「いいんですか！　ありがとうございます」

つい大声を出してしまい、口に手をあて、「すみません……」と小声で謝ると、やわらかく微笑《ほほえ》んだ。

「ううん」

首を振る仕草《しぐさ》が可愛らしいのに色っぽい。また、甘い香りがただよう。シャンプーかな。

「えーと、そちらも近松のこと調べてるんですか？　宿題ですか？」

さすがに、ホラー好きの同志ですかとは訊けない。

「いいえ。もともと近松の世話物《せわもの》が好きなの」

「世話物？」

きょとんとするわたしに、嫌な顔もせず、優しい声で説明してくれる。

「近松の作品は、時代物と世話物に分けられるの。時代物は古い出来事《できごと》を題材に、武士の世界を書いたもので、世話物は当時の社会で起こった事件を題材に、町人の世界を書いたものよ。『曾根崎心中』とか『心中天の網島』なんかが世話物ね」

小声でささやく彼女に、

「ええっ、『曾根崎心中』って、実話なんですか」

と、わたしも声をひそめて驚く。なんだか修学旅行の夜に、布団《ふとん》の中で仲良しの友達と内緒話《ないしょばなし》してるみたいで、楽しい。彼女も明るい目で、ひそひそ続ける。

「そうよ、脚色されている部分もあるけれど、元禄《げんろく》十六年の四月七日に実際にあったことよ。醤油屋の手代の徳兵衛と遊女のお初が、大阪の曾根崎天神《てんじん》の森で情死《じょうし》を遂《と》げたの。見事な心中だと評判になって、恋を貫《つらぬ》いた二人に喝采《かっさい》が送られたわ。

そうして、この心中を題材にしたお芝居《しばい》が次々書かれたの。近松の竹本座は、事件から一ヶ月で初日を迎えているけれど、それより早く、八日目に上演したところもあるわ。それだけ大衆の心をつかんだ事件だったのね」

喝采って、心中に？　それに実際にあった事件を一週間くらいで実名上演するなんて、現代じゃ考えられない。

「あのっ、わたしも『曾根崎心中』を読んだんですけど、徳兵衛とお初が、どうして心中をするのか、もー、さっぱりわからなくて。先輩に時代背景とか調べたほうがいいよって言われちゃって……あ、わたし文芸部なんです。聖条学園《せいじょう》の一年生で、日坂菜乃っていいます」

「聖条？　頭いいのね」

「いえいえ、全然バカで。合格したのも、まぐれだったんです」

「わたしは西高《にしこう》よ、今年二年で」

「クラスは一組ですね？」

目を見張る彼女に、わたしは古典の教科書を指さし、にこっとした。

そこにサインペンで、二年一組松本和と書いてある。

「お名前は、かずさんですか？」

彼女が、ふわりと微笑む。まるで紅色の花が咲き匂うように、目を細め、唇をほころばせ、ふわりと。

「なごむ――と読むの」

「わぁ、素敵《すてき》なお名前ですね」

「ありがとう。なのちゃんの名前も可愛いわ。どんな字を書くの？」

「菜の花の菜に、乃木坂《のぎさか》の乃です」

「可愛いっ。菜乃ちゃんの雰囲気に合ってるわね」

「え、そんな。なごむさんも、ぴったりですよ～。なんか癒《いや》し系《けい》って感じ」

わたしたちはお互いの名前を褒めあい、すっかり打ち解けてしまった。

そのまま飲食スペースへ移動し、自動販売機で購入したココアとジャスミンティーを片手にソファーに腰かけ、『曾根崎心中』の話題で盛り上がる。

「やっぱり、いくら愛し合っていても、心中はよくないと思うんです。徳兵衛は友達の九平次《くへいじ》に騙《だま》されて、主人に返すはずのお金をとられちゃいますよね。けど、それくらいで死ぬことないと思いません？」

醬油屋の手代の徳兵衛には、叔父《おじ》であり主人である人の義理の姪《めい》との結婚話が持ち上がっていた。けれど徳兵衛は、遊女のお初と将来を誓《ちか》い合《あ》った仲で、この話を断る。怒った主人は、徳兵衛に四月七日までに支度金《したくきん》の二貫《かん》を返し、店を出てゆけと言う。

お金は、徳兵衛の義理の母が勝手に受け取ったもので、徳兵衛はどうにかそれを取り返すけど、友人の九平次がお金に困っているのを見て、三日の朝までに返すという約束で貸してしまう。

ところが！　九平次はお金を返さず、それどころか徳兵衛が九平次の印鑑《いんかん》を盗んで偽《にせ》の証文《しょうもん》を作り、お金を脅《おど》し取《と》ろうとしていると叫ぶのだ。

みんなは九平次の言葉を信じて、徳兵衛はひどい暴行《ぼうこう》を受ける。もう主人にお金を返

二年一組
松本和

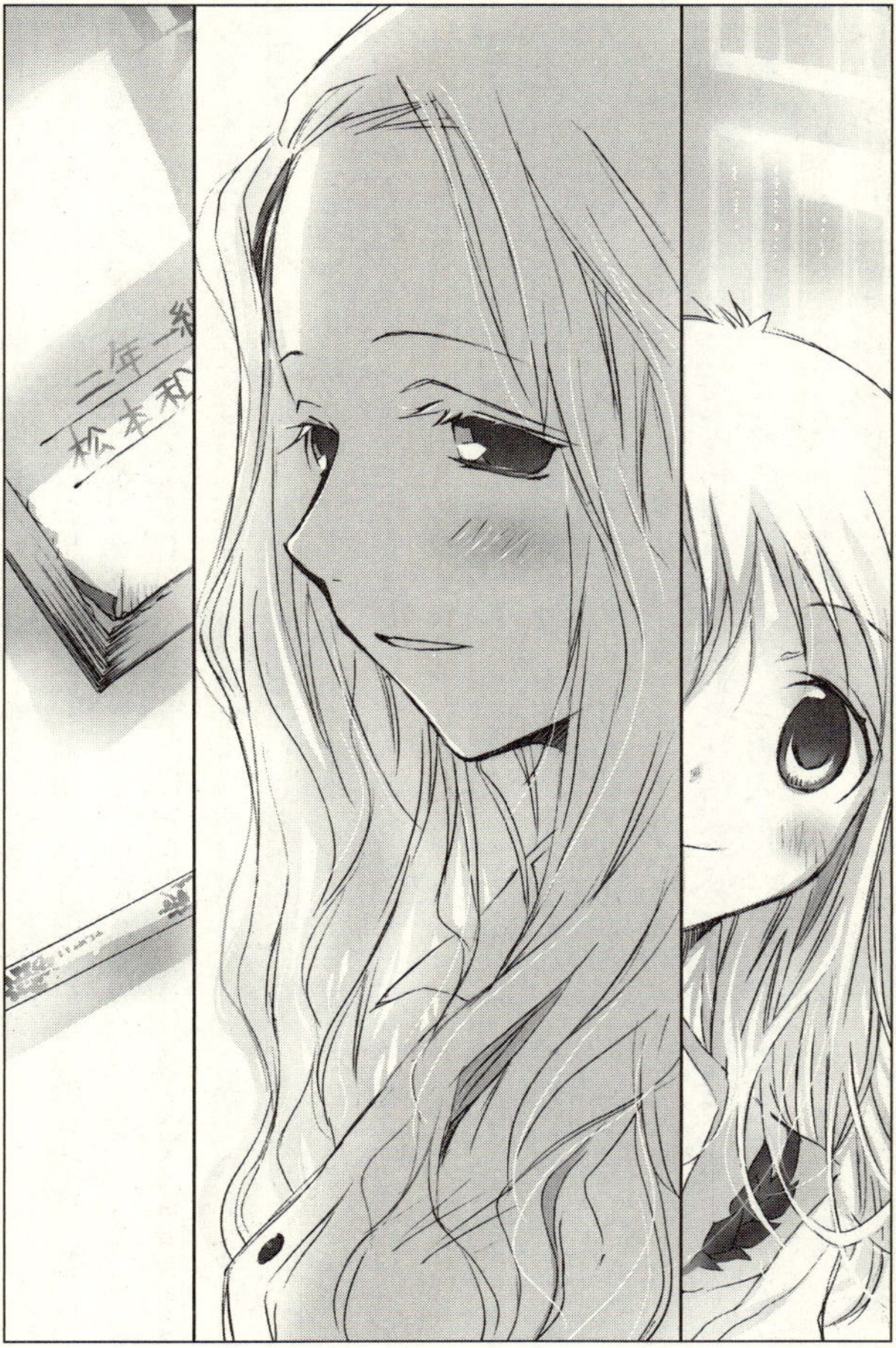

すこともできず、世間の信用も失い、死ぬしかないと思いつめる。

そうしてついに、曾根崎の森の相生《あいおい》の木に、お初と自分の体を帯で縛《しば》りつけ、お初の喉を脇差しでえぐり、自分も剃刀《かみそり》を喉に突き立てて、息絶《いきた》えるのだ。

「わたしがお初なら、心中なんてよそうって徳兵衛を止めます。お金は働いて返せばいいし。大阪にいられないなら、江戸《えど》でも九州でも、駆《か》け落《お》ちすればよかったんです」

握りこぶしを作って主張するわたしに、なごむさんが熱心に言う。

「でも菜乃ちゃん、お初は遊女で、年期《ねんき》が明けるまでお店から離れることはできなかったのよ。もし駆け落ちの途中《とちゅう》でつかまれば、二人ともひどい目にあうでしょうし、無事に遠くへ逃げたとしても、田舎《いなか》の家族に迷惑《めいわく》がかかってしまうわ」

「それは、そうですけど」

甲斐性《かいしょう》無しの徳兵衛に、お初を身請《みう》けする資金を用意するなんて無理だろう。時代劇だと、大岡越前《おおおかえちぜん》なんかが助けてくれるけど、実際はそんなに甘くないんだろうし。

「現実のお初にも、なじみのお客から身請けの話が出ていたの。妻になって豊後《ぶんご》に来てほしいって。そうなったらもう徳兵衛と会うこともできなくなってしまうわ。

ねえ、もし菜乃ちゃんに好きな人がいて、その人とは一緒になることができず、好きでもない相手と遠くへいかなければならないとしたら、どうする？」

「う……それは、すごく辛いです」

心葉先輩に会えなくなったら——なんて、考えるだけで胸がひりひりする。

わたしがお初で、徳兵衛の心葉先輩と無理矢理引き離されたりしたら、とんでもないことをしでかしてしまうかもしれない。

「でしょう？　愛する人と、はなればなれになるなんて、わたしも耐えられないわ」

感情を込めて断言したあと、なごむさんは急に哀しそうに目を伏せた。

「けど、徳兵衛とお初がどんなに愛し合っていても、二人が一緒になることは許されなかったの。二人が生きていた世界は、二人にとって優しくなかったのね……。きっと……二人とも、とても息苦しくて……追いつめられていて……死ぬしかなかったんだわ……」

つぶやく声が、しだいに小さくなり、掠《かす》れてゆく。

「二人の気持ち、わたしはわかるわ。わたしも日曜の夜になると、いつも学校に行きたくないと思うもの……学校が燃えちゃえばいいのにって」

わたしはどう会話を繋《つな》いだらいいのか、迷ってしまった。

なごむさんがまた急に顔を上げ、明るく微笑んだ。

「やだっ、ごめんなさい、変なこと言っちゃって。わたし、そろそろ帰らなくちゃ。今日は菜乃ちゃんとお話しできて、とっても楽しかったわ」

「わたしも、なごむさんに『曾根崎心中』のお話をうかがって、すごく賢《かしこ》くなった気がします」

なごむさんの唇がほころび、嬉しそうな顔になる。

「あのね、わたし、ホームページを持っているの。そこで近松の話をしているから、よかったら遊びに来て」

そう言って、可愛らしい花柄のメモにアドレスを書いて、渡してくれた。

そのメモも、とても良い香りがした。

◇　◇　◇

なごむは月の下でしか咲けない花のように、静かで繊細《せんさい》な人間だった。

教室にいるとき、いつも息苦しそうにうつむいて、誰とも視線をあわさず、言葉を交わすこともなく、一人きり本を読んでいた。

うちの学校は、受験に失敗した生徒たちが集まるおちこぼれ収容所で、制服をだらしなく着崩《きくず》し、髪を奇抜《きばつ》な色に染めた、ろくでなしの馬鹿どもが、我が者顔で校内をうろついていた。

彼らは授業中も大声で私語を交わし、歯をむきだして下品に笑う。教師に注意されても、うるさいと罵声《ばせい》を浴びせ、また一斉に笑う。

彼らに殴《なぐ》られて、学校をやめた教師もいると聞いている。だから力のない教師は、彼らがどれだけ騒《さわ》いでも、淡々と授業を続ける。

そんな環境の中で、なごむのように感じやすい弱い人間は、息をひそめてうつむいているしかなかったのだろう。

目立たないように、誰の気にもとまらないように、誰にも不快な思いをさせないように、まるで石のように、身動きもせず、ただただ静かに。

なごむの感じている息苦しさを、自分もまた感じていた。

なごむと話をしてみたい。

なごむは、低俗《ていぞく》で醜《みにく》いクラスメイトたちとは違う。きっと自分は、なごむを好きになる。なごむとなら、わかりあえる。

けれど、おとなしいなごむの心の奥に秘められた背徳的《はいとくてき》な願いまでは、このときはまだ知らなかった。

◇　◇　◇

お風呂に入りパジャマに着替えたあと、わたしは大学生の兄から借りたノートパソコンで、なごむさんのホームページを訪問した。

和風テイストの落ち着いたデザインで、ページ名に「和《わ》の空間」とある。中は近松門左衛門《もんざえもん》の作品紹介がメインで、年表も掲載《けいさい》されている。

わたしは興味深くのぞいていった。

へぇ、近松門左衛門って、もともと武士の出身なんだ。京都でお公家様《くげさま》に仕《つか》えていたんだ、ふぅん。

当時芝居小屋の人々は『河原乞食《かわらこじき》』と呼ばれ、最下層の身分であったと説明がある。武士の近松がそんな世界に飛び込むなんて、きっと相当の覚悟がいったんだろうなぁ。

年表を見ると、近松が『曾根崎心中』で大当たりし、潰れかけた一座を立て直したのは、なんと五十一歳のときだった。

近松が心中ものを量産したのは『曾根崎心中』の成功が大きかったのだろうけど、心中自体、当時は多かったらしい。近松が心中マニアってわけじゃなかったんだな。

他に、浄瑠璃《じょうるり》の人形の写真なんかも載《の》っている。

これがお初で、こっちが徳兵衛かぁ。操《あやつ》り人形みたいなのを想像してたけど、黒子《くろこ》が人形の下とか後ろから手を入れて、動かすんだ。おもしろそう。

さらに、なごむさんが訪れた都内のお寺の写真も、興味深く眺めてゆく。建物や景色より観音様《かんのんさま》の写真が多い。むしろ観音様を撮《と》るついでに、建物を写している感じだ。

「あ、ブログもある。日記とか書いてるのかな」

カーソルをあわせてクリックし、ぎょっとした。

『心中相手を募集《ぼしゅう》します』

一番上に大きな赤い文字で、そんな過激な言葉が表示されていたのだ。
汗がじわりとにじみ、息を止めたまま、まじまじと見つめる。
「これ……冗談《じょうだん》だよね」
きっと近松のページだから、軽い言葉遊びのつもりなんだろう。
そう納得し、視線を下へ移動させる。
するとまた、奇妙な文字が並んでいた。
色は黒で普通の読みやすいサイズだけど、内容が意味不明だ。

12／3　保健室・胃薬
12／4　保健室・頭痛薬
12／5　新井薬師寺《あらいやくしじ》
12／6　巣鴨高岩寺《すがもこうがんじ》

保健室？　お寺？
それに今五月なのに、何故十二月の日付？
かと思うと、日付のあとに数字がずらずら並んでいたりする。
2／5　1000円
2／7　1200円
2／14　500円
2／16　250円
今度は二月の日付？
そのあと三月と四月の日付もあって、さらに、わけのわからない言葉が続く。
4／7　HP知られた
4／8　彼女
4／9　ロープ・ハンカチ・ナイフ
4／10　捜し物
4／11　捜し物　全然足りない

4／12　捜し物　タイムリミット
4／13　メール、8時雑木林《ぞうきばやし》

？　？　？　なんだろう？　スケジュール帳？　でも、どうしてブログにわざわざ載せているんだろう。しかも五月に、十二月や二月の日付のものを。

日付の下に、『和』と署名がある。

ブログを遡《さかのぼ》ってゆくと、謎《なぞ》の日付と言葉は、四月の終わりくらいから、毎日少しずつアップされていた。その前までは、その日読んだ本のことや訪《たず》ねたお寺のこと、観音様のことが書いてあるのに、捜し物？　？　？

首をひねって、うーんと考え込んでも、よくわからない。まぁいいや。本人にはなにか意味のあることなのだろう。

ブログにコメント欄《らん》があったので、わたしはメッセージを残した。

『こんばんは、ｎａｎｏです。今日はありがとうございました。さっそく遊びに来ちゃいました。近松の作品解説や年表、とても楽しく読みました。それに、お寺や観音様の写真も見ましたよ～。巣鴨の高岩寺とか、屋台《やたい》が出ていて、にぎやかで楽しそうですね。わたしも行ってみたいです。塩大福《しおだいふく》が美味しそうでした』

十分ほどして、そのページを見てみると、なごむさんのレスがあった。

「わ、はやっ」

『いらっしゃい、nanoちゃん。来てくれて嬉しい。巣鴨は、おばあちゃんの原宿《はらじゆく》って言われているんですよ。お店もたくさんあります。私は塩大福が好物で、何軒もあるので、食べ比べしています』

塩大福！

『お煎餅《せんべい》の食《た》べ放題《ほうだい》も、おすすめです。六百円で、お店に並んでいるおせんべいを好きなだけ食べられるんです』

お煎餅の食べ放題！

『地蔵通《じぞうどお》りの入り口にある、手延《てのの》べうどんのお店も美味しいですよ。大きな鍋に、たっぷりの、熱々のおうどんが出てきます。こちらの味噌煮込《みそにこ》みうどんが、大好きです』

味噌煮込みうどん！

わたしは早速レスのレスを返した。

『うわー、うわー、とっても美味しそうです〰〰〰！　お煎餅の食べ放題も、いいです〰〰〰！　食べたいです〰〰〰！』

『なら案内しましょうか？　日曜日に、巣鴨でオフ会をしませんか？』

それは、ごく自然な流れだった。

わたしは迷いもせず、

『行きます！　お願いします！』

と書き込んだのだった。

すぐに待ち合わせの場所と時間が返ってきた。

『当日は、ｎａｎｏちゃんと心中について語りたいと思います』

これって、きっと『曾根崎心中』のことだよね。

『わかりました! たくさん語りあいましょう!』

と返事をし、ようやくパソコンを閉じた。兄に、いいかげん返せ、オレが使えないだろと文句《もんく》を言われたせいもあるんだけど。

「というわけで、わたしは日曜はデートなんです」

金曜日の放課後、心葉先輩に報告する。

相手が女の子ということは伏せて、もしかしたら妬《や》いてくれるかなぁと期待したら、

「よかったね、きっとその人が日坂さんの運命の相手だ。絶対に離しちゃいけないよ」

と、パソコンのキィを打ちながら言われた。

わたしは、ぷぅっと頬をふくらました。

「もう! 月曜日はパワーアップしたわたしに、びっくりですからね!」

なごむさんに心中のことたくさん聞いて、近松博士《はかせ》になって驚かせてやるんだから。

そんな決意を秘めて、当日のお昼時、わたしは高岩寺の門の横に立っていた。

地蔵通りを入ってすぐのところにあるお寺は、お線香《せんこう》の匂いが立ちこめていて、参拝《さんぱい》

客《きゃく》のおじいさん、おばあさんで大盛況《だいせいきょう》だ。

おひさま色のキャミソールに、菜の花色のチュニックを重ね、白いミニスカにバスケットシューズのわたしは、少々浮いている。

お寺は正面に本堂があって、おじいさんたちが両手をあわせている。入り口付近にある巨大な香炉《こうろ》にお線香を投げ入れて、煙を体にとって、すりつけている人もいる。なごむさん、まだかな。

お年寄りだらけの境内《けいだい》を眺めていたとき、こちらをじっと見ている人がいることに気づいた。

門の斜め前くらい——わたしのいる位置から少し離れた場所に立っている木の後ろに、高校生くらいの男の子が隠れるように立っている。清潔感《せいけつかん》のあるシンプルなシャツにパンツで、眼鏡《めがね》をかけていて、わりと整った、賢そうな顔をしている。

その人が険しい顔で、わたしを見ている。

あれ？

知り合いじゃないよね？　なんでこっちを見てるんだろう。

一瞬だけ目があって、とたんに向こうが頬を引きつらせ、顔をぱっとそむけた。そのまま肩をすくめて、境内の奥のほうへ歩いていってしまった。

なんだろ？　人違いかな？　それとも、わたしぐらいの歳の子がお寺にいるのが珍《めずら》しかったのかな。

男の子が立っていた木の辺りを見ながら、ぼんやり考えていたとき、後ろでふわりと甘い香りがした。

お香の匂いと似ているけれど、もっと甘い——くらっとするような、それでいて、なつかしい香りだ。

「菜乃ちゃん？」

やわらかい声が、呼びかける。

振り向くと、ゆったりしたブラウスに長いスカートのなごむさんが、親しげに笑っていた。濡れたような黒髪が、軽く波打ちながら肩や背中で揺れていて、見惚《みほ》れてしまう。

胸もすごく大きくて、なのに腰は折れそうに華奢《きゃしゃ》で、うらやましい。

「なごむさん！　今日は誘ってくださって、ありがとうございます」

「ううん、わたしこそ。菜乃ちゃんとまた会えて嬉しいっ。私服、可愛いわね。すごく菜乃ちゃんぽい感じ」

「なごむさんも、大学生みたいですよー」

「よく言われるわ。ふけて見えるのが、悩みなの」

なごみさんが眉をきゅっと寄せ、しょぼんとする。

「ええっ、そんな。大人っぽくて素敵って意味です。わたしなんて、今でも中学生料金で映画見られちゃいますもん」

「いいなぁ。わたしも今度中学生料金で、チケットとろうかしら」

「無理ですよー、なごむさんは」

そんな話をしながら、門をくぐってお寺の中へ入る。

「煙がすごいですね」

境内に足を踏み入れると、一段とお香の煙がきつくなる。まぶしい初夏の日射しの中に、白い煙がもうもうと立ちのぼる様子が見える。

「ふふ、この煙を気になる部分に浴びて、『良くなりますように』って願うと、怪我《けが》や病気が治ると言われているのよ」

ああ、だからお年寄りが煙を肩や胸にすりつけているんだ。

「頭につけたら、頭がよくなるでしょうか？」

「かもね」

「顔につけたら、美人になりますか？」

「菜乃ちゃんは、じゅうぶん可愛いわよ」

「わわ、そんなこと、あっ！　胸につけたら、胸がおっきくなるかも！」

そそくさと火のほうへ近づき、両手で煙をつかんで、胸にすりすりすり込む。なごむさんが、吹き出す。

「そんなに真剣な顔で、すりつけなくても」

「いいえ、このまま成長しなかったら困ります」

「わたしは、小さな胸に憧《あこが》れたけどな」

「ええっ」

あんまり驚いて、なごむさんの胸元を凝視《ぎょうし》してしまった。ぽんと突き出ていて、やわらかそうで、うらやましい。なのに小さな胸のほうがいいなんて。

「贅沢《ぜいたく》です」

頰をふくらませると、なごむさんが困ったように微笑む。そんな表情も、いちいち可愛くて色っぽい。

「でも本当に、小さい胸のほうがわたしはよかったなぁ。体育のとき揺れるのが恥ずかしくて、こっそりさらしを巻いてみたこともあったわ。でも、夏だと息苦しくなっちゃって、貧血起こして保健室へ行くハメになっちゃったけど」

「ふぇ。大きいは大きいなりに、大変なんですね。わたしが半分もらってあげられたらいいのに」

「そうね、そうしたら、わたしも菜乃ちゃんも、ちょうどよかったわね。じゃあ、わたしの分が菜乃ちゃんの胸に行くように、わたしもお祈りしようっと」

可愛らしく言って、なごむさんが煙を、自分の胸にすりつける。

「わたしの胸のお肉が、菜乃ちゃんの胸に移動しますように」

「なごむさんのお肉が、わたしのほうへ来ますように。おなかには来ないでください」

お互い、くすくす笑いながらお祈りする。

境内の隅には、小さな黒い観音様の像があって、参拝客が列を作って、観音様にひしゃくで水をかけ、体をこすっていた。

「洗い観音って、いうのよ」なごむさんが教えてくれる。「治したい部分を洗ってあげるの」

「じゃあ、胸をいっぱい洗わなきゃです」

わたしたちも列に加わり、観音様を洗う。

「あらダメよ、菜乃ちゃん。そんなにごしごしこすったら。観音様が、びっくりしちゃうわ。もっと優しくなでてあげないと」

「でもっ、しっかりお願いしないと、観音様が寝とぼけてて、伝わらないかも」

お年寄りに交じって、観音様の胸を競《きそ》うように洗うわたしたちは、やっぱりちょっと浮いていたかもしれない。

そのあと、お煎餅の食べ放題にチャレンジし、塩大福を買いに走った。

「塩大福って、餡《あん》が甘じょっぱいんですね」

「ええ。この塩味が癖《くせ》になっちゃうの。おなかがすいているときは、三つくらいいけちゃうかな」

「お次は、手延べうどんですね」

「菜乃ちゃん、まだ食べるのー？　わたしは無理よー」

なごむさんがギブアップ宣言をする。わたしもおなかがはち切れそうだったので、はらごなしに、商店街を歩くことになった。

赤いパンツが大量に売られているお店だの、すっぽんやまむしの薫製《くんせい》や高麗人参《こうらいにんじん》が置いてあるお店があって、あきない。

食べ物屋さんの誘惑《ゆうわく》もとても多く、ハチミツ入りのソフトクリームや、抹茶《まっちゃ》アイスにふらふらしたり、飴《あめ》がたっぷりかかった大学芋をお土産《みやげ》に買ったり、佃煮屋《つくだにや》さんで試食させてもらったりしながら、どんどん歩いていく。

なごむさんも、濡れたような黒い目をきらきら輝かせ、楽しそうだ。こちらをじっと見つめる眼差しや、髪を耳の後ろにかきあげる仕草が、とっても色っぽい。甘い香りにドキドキしてしまう。

「なごむさんって、いい匂いがしますよね。シャンプーなに使ってるんですか？」

「普通の無香料のやつよ」

「ええ、じゃあ香水とかつけてます？」

「いいえ。この香りは、もともとなの」

なごむさんは眉をちょっと下げ、困ったように微笑んだ。大きすぎる胸が嫌だと言ったときと、同じ顔だった。

なのでわたしは、ことさら明るく言った。

「でも、すっっっごくいい匂いですよ！　わたし、うっとりしちゃいましたもん。なごむさんって女子力高いです。わたしが男の子だったら、絶対惚れちゃいますよ。なごむさんぐらい美人で色っぽかったら、心葉先輩もわたしにくらっとしちゃうかも」

「コノハ先輩って？」

「文芸部の先輩です。三年生で小説とか書いてて、本もたくさん読んでいるんですよー！　ヘッセの『デミアン』はピータンの味がするとか、伊藤左千夫《いとうさちお》の『野菊の墓』は摘み立ての杏《あんず》の味がするとか、すらすら語っちゃうんです。すっごく賢いんですよ。

それにそれに、他の男の子とどっか違うっていうか、雰囲気が知的っていうか、笑った顔が、とってもとっても素敵なんです」

「あ、わかりますか？」

「菜乃ちゃん、その先輩のこと好きなんだ」

「うん。菜乃ちゃん、ほっぺがとろけそうだもの」

頬を、ちょんとつつかれる。くすぐったい。

「えへへ、片想いなんですけどね」

「そうなの？　菜乃ちゃん、すごく可愛いのに」

「心葉先輩の目にも、そう映ってくれたらいいんですけど。わたし、いらない子扱いなんです。あ、でもあきらめずに奮戦中《ふんせんちゅう》です、わたし、心葉先輩のために〝文学少女〟を目指してるんです。今は『デミアン』もロシア文学も、さっぱりですし、近松も読みが浅いって呆れられちゃいましたけど、いつか心葉先輩と対等に本の話ができたらなーって、思います」

なごむさんはすごく優しい目で、わたしの話を聞いている。ふわふわと甘い香りがただよい、唇が花びらのようにほころんでいる。

「いいなあ、菜乃ちゃん。好きな人と一緒にいられて」

「なごむさんは、普通に彼氏とかいそうですけど」

「ううん、ダメよ。わたし、男の人が苦手《にがて》なの。いやらしい目で、じろじろ見るし」

「それは、なごむさんが美人だからですよー」

「でも、昔から、ひどいことばかり言われたのよ。誰とでもつきあうとか……。だから、男の人は怖くて……」

伏せた目をうるませて、泣きそうな顔になる。

こんなに綺麗なのに、そんな風に思うなんて、もったいないし気の毒だ。

男の人から、いやらしい目で見られるなんて、いまだに中学生と間違えられるわたしには実感のわかないことだけど、きっと本人は気持ちが悪いし、怖いに違いない。芸能人とかも、そうなのかな……。

「元気出してください、なごむさん。世の中のすべての男性が、そんな肉食系ばかりじゃありませんよ。なごむさんのことが好きで好きで大好きで、目もあわせられないほど純情な男子もいるはずです」

するとなごむさんの表情が、ふっとやわらぎ、小さな微笑みが浮かんだ。

「そうね、そんな人に出会って恋に落ちたら、きっと幸せね」

「なごむさんなら、すぐに運命の相手が現れますよ」

断言すると、ますます明るい顔になった。

「ありがとう、菜乃ちゃん。わたしずっと、一緒に死んでくれる人がいないかって、思ってたのよ」

「えっ」

ブログのトップに表示されていた赤い文字を思い出し、ぎょっとする。

心中相手を募集しますって、まさか本気で？

なごむさんは急に頰を紅潮させ、目をうっとりと輝かせ、生き生きとしゃべり出した。

「だって、この世で一番確かな愛の形は、一緒に命を終えることでしょう？　徳兵衛とお初は見事な心中をすることで、恋のお手本になったのよ。

もう誰も二人を引き裂けないわ。

二人は解放されて、あの世で思う存分愛しあうことができる。

わたしもそんな風に、想いあう相手と死ねたらいいなって夢見ていたの。

優しくて純粋で、絶対に他人を傷つけたりしない——同じものを見て、同じ気持ちをわかちあえる——この人しかいないって、心から思える人と」

どうしよう！

うっかり聞き入ってしまった。しかも胸がすごくドキドキする！

そこまで想いあえる恋って、どんなものなんだろう。

物語の中だけではなく、現実にもそんな恋が存在するんだろうか。

「えっと、な、なごむさんっ。ブログに、日付とメモみたいな言葉を書いていたでしょう？　あれって、なんなんですかっ」

このままなごむさんの声に耳を傾《かたむ》けていたら、踏み越えてはいけない線を越えてしまいそうで、慌てて話題を変える。

なごむさんは、ゆっくりと微笑んだ。

「ただの日記よ。手帳に走り書きしたものを、そのまま写したの」

「でも、日付がめちゃくちゃで——それに、ここ二週間くらいの間、毎日少しずつアップしているのは、意味があるんですか？」

「暗号みたいで楽しいでしょう。それだけよ。最近日記を書くのが面倒《めんどう》で、その代わり。特に意味はないわ」

「……あ、そうなんですか。はは」

何故かすごく緊張して、わたしはしらじらしく笑った。

「菜乃ちゃん、見て見てっ、あのお店、すっぽんが食べられるみたいよ！　すっぽんって美容にいいのよ！」

「本当ですね。看板《かんばん》にすっぽんって書いてあります」

なごむさんの関心が、すっぽんに移ったので、わたしはホッとした。

それから、空気が金色に染まるまで、お店をのぞいたり、買い食いをしたりして、楽しく過ごした。

巣鴨の商店街を抜けて、板橋《いたばし》駅の近くにある新撰組《しんせんぐみ》の近藤勇《こんどういさみ》のお墓《はか》へ辿り着き、お参りしたあと、また巣鴨に戻って、お別れの挨拶をする。

「今日は楽しかったです。ありがとうございました」

「わたしこそ。こんなに笑ったのは久しぶりよ」

「おうどんが食べられなかったのだけ、残念でした」

「だったら、来週また会いましょう。携帯のアドレスを教えるから連絡して」

なごむさんが、ピンクの携帯を出す。

わたしも、自分のおひさま色の携帯を出して、お互いの番号とメアドを登録した。

「ふふ、次はおうどんね」

「はいっ、楽しみです。あ、でもでも、あの蜂蜜《はちみつ》のソフトクリームも美味しそうでした。それから生どらも、粟餅《あわもち》も、餡パンも――」

ふいに、なごむさんが黒く濡れた目でわたしをじっと見つめた。

「……菜乃ちゃんって、すごく可愛い」

「え」

いきなりだったので、びっくりしているわたしのほうへ、白い顔を、すぅーっと近づけてくる。むせかえるような甘い香りが、押し寄せる。

まるで秘《ひ》め事《ごと》を語るように、なごむさんは、わたしの耳元でささやいた。

「ねぇ、菜乃ちゃん。わたしと心中してくれる？」

二章　あなたの心を、切り裂いて見せて

　はじめて保健室で、なごむと話をした。

　吐《は》き気《け》がとまらず、先生が出してくれた薬を飲んでベッドに横になっていたら、なごむが胃薬をもらいにやってきたのだ。すぐおなかが痛くなるのだと、ひっそりした優しい声で、恥ずかしそうに言っていた。

　なごむは、よく保健室を利用するという。

「ここにいると……落ち着くんだ。教室は、なんだか息がつまって」

　それを聞いて、ああ、やっぱりなごむと自分は同類だと、胸がとどろいた。

　授業がはじまっても、なごむは教室へ戻らなかった。ベッドの脇のパイプ椅子《いす》に、膝《ひざ》をそろえて、少しうつむいて座っていた。

　薬品の匂いのする部屋の中で、自分は本当はこの学校に来たくなかったこと、あと二年もここで過ごすのかと思うと、絶望して死にたくなることを、打ち明けた。

　なごむは、濡《ぬ》れたような黒い睫毛《まつげ》をそっと伏せ、自分もいつもそう思っていると、秘

密をつぶやいた。

「いっそ死ねたら、いいのにって」

そうして、細い体をぎゅっと抱きしめ、震えた。

なのに、死ぬことを考えると、どんなに痛いだろう、苦しいだろう、辛《つら》いだろうと想像して、冷たい汗がこぼれてきて、胃が潰《つぶ》れそうなほど死ぬのが怖くて怖くてたまらなくなるのだと。

きっと自分は弱虫で臆病《おくびょう》なのだと、なごむはうつむいたまま告白した。

世界は、こんなに生き苦しいのに、一人では死ぬこともできない。

けれど、二人でなら、死ねるかもしれない。

心の底から愛しあい、想いあう運命の相手となら、死も優しいだろう。命が終わる瞬間も、手を握《にぎ》りあって、幸福に逝《い》けるはずだ。

顔をあげたなごむの頰《ほお》と瞳は、憧《あこが》れに染まっていた。

そんななごむに、ほんの少し寒気を覚えながら、同時に、とても純粋で美しい人間に思えて、これまでよりもっと惹《ひ》かれずにいられなかった。

◇　◇　◇

「日坂《ひのさか》さん、シャーペン握りしめて、便秘中の熊みたいに、うんうん唸《うな》るのやめてくれないかな」

パソコンに向かってキィボードを叩《たた》いていた心葉先輩《このはせんぱい》が、手を止めてたまりかねたように言った。

月曜の放課後。わたしは部室で三題噺《さんだいばなし》を書いている。お題は、〝リス〟〝口紅〟〝高速道路〟だ。

「心葉先輩っ、わたしが心中《しんじゅう》しちゃったら、どうします？」

顔を上げていきなり尋《たず》ねると、心葉先輩は面食《めんく》らったように声をつまらせた。

「な――」

わたしは机に手をつき、身を乗り出した。

「昨日、心中しようって誘《さそ》われちゃったんです。その人、ブログで心中相手を募集《ぼしゅう》してて、あっ、全然ヘンな人じゃなくて、すごく可愛《かわい》くて色っぽくて、あまぁい香りのする高校二年生の美人なお姉さんで、図書館で会って、近松《ちかまつ》のことを語り合って意気投合《いきとうごう》して、お煎餅《せんべい》と塩大福《しおだいふく》を食べて、携帯の番号も交換したんですけれど、やっぱり女同士で心中って、問題あると思うんですっ。あぁっ、男女でも問題ですけど」

心葉先輩が、しかめっつらで遮《さえぎ》る。

「頼むから、思いつくまま一度にしゃべらないでくれ。頭の中で、きみが美人の女子高生とお煎餅を囓《かじ》りながら、投身自殺をする映像が浮かんだよ」

「ひどいです！　心葉先輩！　わたしが心中しても平気なんですね」

「そんなこと言ってないだろ。ぼくの視界に極力《きよくりよく》入らないでくれたら、ありがたいとは常に思ってるけど」

「ひどい、ひどいです。わたしは昨晩からずぅぅぅぅっと、わたしが心中しちゃったら、心葉先輩が、意地悪《いじわる》な本性をさらけ出す相手がいなくなって、息がつまって、線路に自転車投げ込んだりするんじゃないかって、悩んでたのに」

心葉先輩は、がっくり肩を落とした。

「……心配してくれて、ありがとう。突拍子《とつぴようし》もないこと言い出す後輩がいなければ、ぼくはずーっと聖人でいられるから」

「うう、心葉先輩にとって、わたしは不要な女なんですね。いまだに携帯のアドレスも教えてくださらないし」

「うん、きみがいなくても平気だから」

「そういう素《そ》っ気《け》ない態度だと、本当に美人女子高生と心中しちゃいますからねっ！　遺書《いしよ》に心葉先輩の名前を、書きますよ！」

「……それは、脅迫《きようはく》だ」

今度は溜息《ためいき》をつく。

「まぁ、話ぐらいなら聞くから、言ってみたら」

「はい、実は、心葉先輩のアドバイスを実践《じっせん》すべく、図書館へ近松門左衛門《もんざえもん》のことを調べに行って……」

わたしは、なごむさんと知り合った経緯《けいい》を話した。

日曜日に巣鴨《すがも》で、二人オフ会をしたこと。

帰り際、心中に誘われたこと。

「デートの相手って、女子高生だったんだ」

「なんです、その残念そうな顔は。ツンデレにもほどがありますよ」

「きみに見せるデレは、最初からない」

「と、とにかくっ、なごむさんは、『考えておいてね』と軽やかに手を振って、JR巣鴨駅から山の手線に乗って、去ってゆきました。昨日のお出かけは、ひょっとして心中相手を探すための面接だったのかもしれません」

わたしは、とっても真剣だった。

なごむさんに、どうお断りするべきか。いやその前になごむさんに、命を粗末《そまつ》にしてはいけません、死ぬのはやめましょうと、いかに説《と》き、納得《なっとく》させるべきか。

ところが、心葉先輩はさっきよりもっと深い溜息をつき、可哀相《かわいそう》な子を見る目でわたしを見た。

「日坂さん、それ、からかわれたんだよ」

「へっ」

「本気にするほうが、どうかと思う」

さめきった声で言い、

「制限時間、あと十分だからね」

と、キィボードを叩く作業に戻ったのだった。


この日、わたしが十分で作成した、リスが魔法の口紅に乗って、高速道路で命がけのカーチェイスを繰《く》り広《ひろ》げる話を読んだ心葉先輩は、

「カーチェイス、全っ然っ繰り広げてないからっ。『かくて命がけの壮絶《そうぜつ》な、ドキドキはらはらの、波乱に満ちた、予測不可能な、史上最悪のレースがはじまるのだった』って、また打ち切りエンド？　中身の入っていないカレーまんみたいだよ」

と、こめかみを指で押さえて評したのだった。


一週間後、巣鴨のうどん屋さんで再会したなごむさんは、ぺろりと舌を出して、言った。

「うん、ごめんね、冗談《じょうだん》よ。菜乃《なの》ちゃんがあんまり可愛いから、からかっちゃったの」

「ええっ、そうなんですかぁ」

情けない顔をするわたしに、両手を合わせて謝《あやま》る。

「おうどんおごるから、許してね」

そんな仕草《しぐさ》も色っぽい。わたしも今度、心葉先輩にやってみよう。

「うぅ、いいですよ。本当に心中相手として見込まれてたらどうしようって、気が気じゃありませんでしたから」

「まさか信じると思わなかったのよ」

「心葉先輩にも同じこと言われて、バカにされました」

「わー、本当にごめんなさい」

やがて大きなお鍋《なべ》に盛られたうどんが来て、汗をかきながら食べる。白菜《はくさい》や大根や三つ葉なんかの具がたっぷり入っていて、お味噌《みそ》の味が染《し》みていて美味《おい》しい。うどんは、ひらべったいタイプで、一本が、でろ――――んと長い。それをはぐはぐ嚙《か》みながら食べるのも美味しい。

「あのね、心中のお誘いは冗談だけど、心中に憧れているのは本当よ」

うどんを食べながら、なごむさんが笑顔で、またしても問題発言をする。

わたしは長いうどんを、喉《のど》につまらせそうになった。

「心中って、もともとは真心を示すって意味で使われていたのよ。お初《はつ》みたいな遊女《ゆうじょ》は、仕事でたくさんの男の人とつきあわなければならないでしょう？　だから仕事抜きで本気で惚《ほ》れた相手に、それが遊びや偽《いつわ》りではなく本心であることを伝えるために、自分の血で手紙の署名をしたり、相手の男性に自分の髪《かみ》を切らせたり、指や爪を贈《おく》ったり、体に相手の名前を彫《ほ》ったりしたの」

「ゆ、指っ、贈るって——どうやって！」

ぎょっとして尋ねる。

なごむさんが、にっこりする。

「もちろん、切り落とすのよ」

「！」

「中指や薬指をね、すごろくの台や木の枕《まくら》に載《の》せて、剃刀《かみそり》の刃を当ててこう——一人じゃ、やっぱり躊躇《ちゅうちょ》してしまうから、介錯《かいしゃく》の人がついて、上から金槌《かなづち》や銚子《ちょうし》を、剃刀の背に向かって振り落としてもらったそうよ。そうやって、いっきにごきっと」

なごむさんは、にこやかに語っているけれど、わたしはその場面をリアルに想像して、震え上がった。

「切り落とした指が、窓からぽーんと飛んでいってしまうことも、あったらしいわ」

うわぁぁぁぁ。

「あんまり痛くて、血もたくさんこぼれて、十人中九人は気絶したそうよ」

聞いているだけで、指と胃が痛くなる。ホラーやスプラッタは大好きだけど、これは生々しい分、きつい。なごむさんの目がうっとりと夢見るようなのが、なお怖い。

うどんがのびかけているのにも気づかない様子で、なごむさんは、爪のはがし方だの、入《い》れ墨《ずみ》の彫り方だのを嬉々《きき》として話し続けている。

あぅぅっ、食事のときにする話じゃないよー。

「そんな風にね、あなたを愛していますって、心の中をすっかり切り開いて見せることを、心中立てと呼んだのよ。その究極が、相手と一緒に死ぬことで、だからいつか情死《じょうし》のことを、心中と呼ぶようになったの」

「そ、そうですか」

ひきつるわたしに、なごむさんは、女らしい溜息をついてみせた。

「みんな、そんなにまでして、あなたが好きですって……伝えたい相手がいたのね……。お初も、徳兵衛《とくべえ》と一緒に死ぬことで、心中立てをしたんだわ……」

頬をほてらせ、憧れに満ちた眼差《まなざ》しで言ったあと、急に哀しそうな顔になり、うつむいた。

「でも……みんながお初になれるわけでは、ないのよね……愛した相手が、同じだけ愛し返してくれるとはかぎらない……もしかしたらその人は、別の人を好きになってしまうかもしれない……」

みんなが、お初になれるわけじゃない……。

その言葉は、わたしの胸に、ずしんと落ちてきた。

わたしも、好きな人に相手にされていないから……。心葉先輩の心には、今も天野《あまの》先輩がいる。

『……鴨鍋《かもなべ》みたいだって。鴨肉をすり潰してつくねにして、ネギや白菜や椎茸《しいたけ》と一緒《いっしょ》に煮込《にこ》むんだ』

さらさらと揺れる、白いカーテン。切なそうに目を閉じる、心葉先輩。

心葉先輩が本について語るとき、いつもいつも思い知る。あぁ、きっと心葉先輩は、それを天野先輩から聞いたんだろうなぁ、今、天野先輩のことを思い出しているんだろうなぁって……。

そうして、わたしの胸はきゅーっと締めつけられる。

この痛みや切なさがむくわれる日は、来るんだろうか。

「おうどん、さめちゃったわね」

なごむさんが無理して明るく振るまっているみたいな声で言う。わたしも、にっこり笑う。

「さめたら、その分、つるつるいけちゃいますよ」

「ふふ、そうね」

わたしたちは、さめて伸びたうどんを、笑みを交わしながら美味しく平らげた。

「ごちそうさまっ、おなかいっぱいです」

「お会計、本当にわたしに払わせてね」

「いいですよぉ、自分の分は払いますから」

「ううん、おごらせて。わたしお金持ちなの」

「え、そ、そうなんですか？　バイトとかされてるんですか？」

わたしは、目をぱちくりしてしまった。

「ふふっ、それは秘密」

なごむさんが鞄《かばん》を開けて、お財布《さいふ》を出す。そのとき赤い巾着《きんちゃく》の紐《ひも》がお財布の端《はし》に引っかかって、床に落ちた。

「きゃ」

紐が引っ張られて巾着の口が開き、中から小さな包みがこぼれる。薄い紙に包まれた
……お薬？

なごむさんは慌《あわ》ててそれを拾い、巾着の口を閉じ、大事そうに胸に抱きかかえた。

そういえば、図書館で会ったときも、ペンケースの横に巾着を置いてたっけ。

「それ、お薬ですか？」

なにげなく尋ねると、なごむさんはわたしに「心中してくれる？」と言ったときと同じような、どこかうっとりした妖艶《ようえん》な眼差しになり、声をひそめた。

「ええ、心中のときに使う薬よ」

その口調に、ぎくっとする。

「し、心中って……」

やわらかな笑みを浮かべて、なごむさんが続ける。

「たいして強い薬じゃないから、ひとつでは死ねないかもしれない。けど、ふたつなら？　みっつなら？　きっとぜーんぶ飲んだら、二人で天国へ行けるわ」

「えっと……っ、そ、それも、冗談――ですよね。普通のお薬なんですよね？」

「うふふ、そういうことにしておいて」

なごむさんは軽やかに席を立ち、わたしの分まで会計をすませてしまった。

　翌日の放課後。

わたしは、部室のパイプ椅子で唸っていた。

「ううう、あううぅ」

「日坂さん、また便秘中の熊になってるよ」

「せめて、リスとかうさぎとか、愛くるしい動物でたとえてください」

読みかけの『曾根崎心中《そねざきしんじゅう》』を膝に置いて、抗議《こうぎ》する。

心葉先輩は呆れ顔《あきがお》でスルーし、わたしの膝の本をちらりと見て、言った。

「それ、また読んでるんだ」

「はい。時代背景や、二人の事情もそれなりにわかってきたので、再読中なのですが……うう」

「なに？　額《ひたい》に縦皺《たてじわ》ができてるよ」

「事情がわかったらわかったで、鬼気《きき》迫るものがあって――心中シーンが、よりいっそうリアルというか――心葉先輩、わたしの爪と髪、どちらをプレゼントされたら嬉《うれ》しいですか？」

「いきなりなにを言い出すんだ！」

心葉先輩が目をむく。

わたしは、昨日なごむさんから聞いた心中立ての話をした。

「だからわたしも、わたしの心の中にみなぎる、心葉先輩への熱い想いを、ぜひ伝えたいのですけれど、指を切り落としたり、爪をはいだりするのは、ちょっとダメージが大きそうで――心葉先輩も、いきなりわたしの薬指が、クール宅急便でご自宅に届いたら困りますよね？」

「あたりまえだ！」

「入れ墨は、見えるところに彫ったら、校則違反で先生に呼び出しくっちゃいますし、かといって見えないところに彫ったものを、わざわざ見ていただくほど、わたしと心葉先輩の仲は進展していません」

「一生、進展しないからっ。背中向けて全力で戻ることはあっても、進むことはないからっ。だから、見えるところにも見えないところにも、ぼくの名前なんか彫らないでくれ」

わたしは腕組みして、うなずいた。

「心葉先輩は、そうおっしゃると思いました。となると、髪か爪の先しかないですよね。これなら全然痛くないですし。髪はそろそろ毛先をカットしに、美容院へ行く予定だったので、三センチまでならオッケーです。それ以上はダメです」

「……ぼくに髪を切らせて、美容院代、浮かそうとしてない？」

「爪のほうがよいですか？　だったら二週間待ってください。その間に伸ばします」

心葉先輩が苦《にが》い顔で言う。

「髪も爪も、いらない。そんな薄気味悪《うすきみわる》いもので気持ちを伝えられても、ちっとも嬉しくない」

「ま、まさか、心中を望んでらっしゃるんじゃ。それはいくら心葉先輩とでも、ちょっとハードルが高すぎです。考えさせてくださいっ」

「考えるなーっ！」

怒鳴《どな》られて、椅子の上でびくっとしてしまう。

怒鳴った心葉先輩も、しまったというように額に手をあて、うなだれた。

「まったく、どうしてきみといると調子が狂うんだ。ぼくは漫才《まんざい》のツッコミ担当じゃない。羊みたいに温厚なのに」

溜息とともにつぶやいたあと、真顔でわたしを見つめた。

「心中しようなんて、軽々しく言うものじゃないよ。心中自体、ぼくは感心しない」

重みのある口調だった。

「わたしが、どうして徳兵衛とお初が心中するのかわからないって言ったとき、読みが浅いって言ったのに」

「それはそうだけど……。でも、個人的に、自分から命を絶つ行為には反対だ」

真剣な声で続ける。

「確かに、死ねば楽になれるかもしれない。本当に苦しくてどうしようもなくて、光が一筋も見えないとき、それしか方法がないように思えるかもしれない。けど、生きていれば必ず変化は訪れる。月並みな言葉だけど、それは真実だ。

変わらないものなんてない。だから、一人でも二人でも、絶対に自分から死のうとしたらいけないんだ」

首筋を伸ばし、凛《りん》とした眼差しで語る心葉先輩は、とても大人に見えた。

心葉先輩も、死にたいほど苦しかったことがあるんだろうか……。

夕暮れの校舎で泣いていたときの顔が、頭をよぎる。

あのとき、とても弱くて傷つきやすい男の子に見えた。

なのに、こんなまっすぐな目をして、生きていれば必ず変化は訪れると断言するのに、胸を突かれた。

「……心葉先輩、今の台詞《せりふ》、すっごくカッコよかったです。髪の毛五センチまでなら譲《じょう》歩《ほ》します」

真面目《まじめ》に言ったのに、心葉先輩は肩を落としたのだった。

「ぼくの価値は、きみの髪の毛五センチ分なのか」

「それは、菜乃ちゃんの覚悟が足りないわ」

なごむさんは、きっぱり言った。

翌日の夕暮れ刻《どき》。わたしは部活を終えたあと、なごむさんと地下鉄の本郷《ほんごう》三丁目駅で待ち合わせた。

駅の近くに観音様《かんのんさま》の像があり、それを見に来たのだ。近くの金魚を売っているお店のカレーもなかなかのお味なので行ってみないかと誘われた。実はそっちがメインだったりするのだけど。

なごむさんは今日も甘い香りをただよわせ、素敵《すてき》な格好《かっこう》をしている。すっきりしたシャツに、花びらのようなシフォンのロングスカートをあわせている。

「制服って嫌いなの、あれ、似合わないと悲惨《ひさん》でしょ。同じ年頃の子たちに交じると、どうしても体型が目立っちゃうもの」

と言っていた。

西高《にしこう》のチェックのスカートと赤いリボンのブラウス、なごむさんが着たら可愛いと思うんだけどな。あ、でも確かに胸元の辺りが色っぽすぎてしまうかも。

そんなことを考えつつ、なごむさんに、心葉先輩がいつもの五割り増しでそっけないこと、昨日のわたしの発言にへそを曲げていることを打ち明けると、

「菜乃ちゃんが悪いわ」

と即座に返ってきたのだった。

「でも、わたしは髪のお手入れに、お小遣《こづか》いの半分を注ぎ込んでるんですよー。猫っ毛だから、油断《ゆだん》すると、へたるし絡《から》まるし、枝毛の一本もなく、この絶妙なバランスを保つの、大変なんですから。五センチだって、すごくすごく勇気がいるんです」

駅を出て、ファーストフード店の横の門をくぐり、小さなお堂へ向かう。そこに祀《まつ》られた薬師如来様《やくしにょらいさま》に、まずお参りをする。

「あら、わたしだったら、愛する人には指でも爪でも目でも、なんでもあげるわ。髪が欲しいって言われたら、尼になってもいいわ」

「そんなぁ、わたしは嫌ですよ〜」

髪を両手でぎゅっとつかんで、ぷるぷる首を振り、さらに細い路地《ろじ》へ入る。そこに小さな墓地があり、その前に石の台があり、そこにどっしりと重そうな観音様が目を伏せ着座していた。頭に顔がたくさんついていて、丸い輪をしょっている。

うわ……こんな路地裏に、屋根もなく、むき出しで。

なごむさんは、なにかを訴《うった》えかけるような熱っぽい目で、じぃーっと観音様を見上げている。

そうして、つぶやいた。

「そう、愛する人が望むなら、一緒に死ねる。一人で死ぬのは怖くて苦しいけれど、二人なら、きっと辛くないわ」

横顔の美しさと、言葉に込められた真剣さに、ドキッとする。

人は自分から死んだりしちゃいけない。

けど——愛する人との死を願うなごむさんの言葉は、とても甘くて、わたしの胸を痺《しび》れさせる。

そういう恋もあるのかなって……。

「えっとでも、それはハッピーエンドじゃないですよ。わたし、ゾンビ映画とか好きですけど、やっぱり途中はらはらしても、最後は助かってハッピーに終わるのが最高です」

なごむさんは振り返って、寂しそうにわたしを見た。

「菜乃ちゃんは、ハッピーエンドを信じてるのね。きっとこれまで幸せに生きてきたのね」

「え」

濡れたような瞳の奥に、暗い影がかかっているように感じて、声をつまらせる。

なごむさんはふんわりと微笑《ほほえ》んだ。甘い香りが、風にただよう。

「菜乃ちゃんにとって、ハッピーエンドってどんなもの？」

「えっと、その」

いきなり訊《き》かれたので、焦《あせ》ってしまう。

「やっぱり好きな人が自分のことも好きになってくれて、恋人同士になって、それからえーと——いつまでも幸せに暮らしました、みたいな」

子供の頃読んだおとぎ話の最後は、たいていそういう風になっている。お姫様は王子様と結ばれて、二人は末永《すえなが》く幸せに暮らしました。めでたし、めでたし。

「いつまでもって、いつまで？」

黒い瞳が、じっとわたしを見つめている。

「死ぬまでずっとです」

なごむさんが、目を細める。

「なら、二人にとって一番幸せなときに一緒に死ぬのが、きっと最高のハッピーエンドだわ」

「そ、それは違うと思います」

「どう違うの？」

「えっと、死ぬまでずっとというのは、ずーっとずーっと先々まで二人で一緒に生きていこうって意味で」

「ずーっとずーっと、二人の気持ちは変わらないままいられるかしら？」

しっとりした赤い唇《くちびる》から笑みが消えて、真顔になる。

「永遠に変わらないものなんて、あるのかしら？」

「え、えっと」

「熱烈な恋をして結婚しても、憎しみ合って別れるカップルもいるわ。二人でいることに慣れてしまって、お互いを退屈《たいくつ》に感じてしまうことも」

「でも、歳をとっても仲良しのご夫婦だっていますよ。巣鴨で二人でお参りしていたご夫婦とか。おばあさんの手を引いてあげていたおじいさんとか」

なごむさんがまた、ふっ……と微笑んだ。

かげりを帯びた、綺麗《きれい》な笑み。

心臓《しんぞう》が、とくんと跳《は》ね上《あ》がる。なんで、こんな哀しそうな顔をするんだろう。

「そうね。そういうカップルもいるわね……。でも、そこへ辿《たど》り着《つ》くなんて、きっと奇跡《きせき》みたいな確率だわ。長い長い年月《としつき》を、出会った頃と変わらない気持ちで愛し続けるなんて……」

わたしはどう答えたらいいのかわからず、弱ってしまった。なごむさんがなにを哀しんでいるのか、わからない。それに、なごむさんが言っていることは、間違ってはいないから。

たとえばわたしは心葉先輩に恋をしていて、心葉先輩のことが大好きで、この先もずっとずっと好きでいられたらいいと思うけど、百歳になった自分が心葉先輩を想い続けている姿は、想像ができない。

てゆーか、そのときまで片想いしてたら、ひどすぎる。

「菜乃ちゃん、どうしたの？　急に首をぷるぷる振って」

「想像できないと思いつつ、嫌ぁ～な想像をしてしまったんです」

「？」

なごむさんが、きょとんとする。

「百歳のわたしが、百二歳の心葉先輩をほおずき市に誘うんですけれど、心葉先輩は耳が遠いフリをして、知らんぷりで短冊《たんざく》に俳句《はいく》を書いているんです」

半べそで訴えると、なごむさんは笑い出した。

「やだ、菜乃ちゃんたら、あはははは——おかしい。涙が出てきちゃう」

本当に涙をふきふき、大笑いする。

「そんなに笑わなくてもいいじゃないですか」

「あはは、ごめんなさい。でも百歳のおばあさんになった菜乃ちゃんを想像しちゃったら、可愛くて」

なごむさんはまだ笑っている。

「もぉいいです。好きなだけ、しわくちゃで、よれよれのわたしを、想像してください」

「すねないで、菜乃ちゃん」

背中を向けていじけるわたしの後ろから、なごむさんが抱きついてくる。

やわらかな胸がわたしの背中を押し、しっとりした髪が制服の喉元をくすぐり、甘い香りが鼻一杯に広がる。

わたしは、滅茶苦茶《めちゃくちゃ》うろたえてしまった。

うわあああああ、後ろから〝ぎゅっ〟て、されてる！　まるで恋人同士みたいだよ〜。

時刻はロマンチックな夕暮れで、周りに人の姿はない。観音様が伏目がちのおだやかな表情で、わたしたちを見おろしている。

なごむさんが、わたしの首に頬をすりよせる。甘い香りに、背筋がぞくっとする。

「わたし、菜乃ちゃんみたいだったら、よかったな」

「わ、わたしなんかになっても、いいことないですよ。友達の瞳《ひとみ》ちゃんには、バカ、バカって、言われてばっかりだし、好きな人にも全然相手にされないし、顔も体型も、なごむさんに比べたら、ちんくしゃもいいとこだし」

「ううん……菜乃ちゃんは、ハムスターみたいで可愛いわ。本当よ」

たとえがハムスターというのが、ちょっとその……微妙だけど、なごむさんが泣いているみたいなのが気になった。

「なごむさん……なにかあったんですか」

「うん……そうね……いろいろあったのよ」

制服の上着越しに、あたたかくしめってゆく背中で、すすり泣きが聞こえる。

「わたし、話くらいなら聞けますけど」

「ありがとう」

掠《かす》れた声が答える。

「じゃあ……彼のことを聞いて。いままで誰《だれ》にも話せなかったの。話せる人が、わたしの周りには、いなかったの」

「はい、どうぞ」

わたしはなるべく優しい声で言い、うなずいた。

なごむさん、やっぱり彼がいたんだ……。なんとなく、そうじゃないかなって思っていたけど……。

わたしにぎゅっとしがみついたまま、なごむさんが弱々しい口調で語り出す。

「彼は、とっても臆病なの……。傷つきやすくて、不器用《ぶきよう》で、他人の悪意を上手に受け流すことができないの。ほんのささいなことに震えて、動けなくなってしまうのよ」

けど、優しい人なのだと。

哀しいほどに優しくて、純粋で、一緒にいると胸が苦しくなるのだと。

「側《そば》でずっと見ていてあげないと、不安でたまらなくなるの。

わたしたち授業中に、保健室でこっそりカモミールティーを飲んだり、ホームページの更新をしたわ……。保健室のポットから、カップにお湯を注《そそ》ぐ間、先生たちに見つかったらどうしよう、誰か来るんじゃないかってドキドキしたけど、二人でベッドで並んでお茶を飲んでいるとき、一人だったら絶対できない、すごい冒険《ぼうけん》をした気分になって、とっても楽しかった。死ぬときも、こんな風に幸せだったらいいねって、顔を見合わせて、笑ったわ」

なごむさんが、鼻をすする。

「どうやって死ぬのが一番楽か、心中の方法も、何度も何度も何度も話し合ったのよ。練炭《れんたん》がいいかしら、毒を飲むのがいいかしら、手首を切るのがいいかしら、浴槽《よくそう》に二人でつかって電気を流したら、一瞬で心臓が止まるかしら、雪山で遭難《そうなん》すれば抱き合ったまま眠るように死ねるかしら、それとも、『曾根崎心中』の徳兵衛とお初みたいに、相《あい》生《おい》の木に体を縛りつけて、お互いの喉を突くのがいいかしらって」

溜め込んでいたものを吐き出すように、なごむさんは語り続けている。ときどき、しゃくりあげたり、喉をつまらせたりする。

「で、でもっ、このごろ、わたしのことを避《さ》けているみたいで……。学校の廊下《ろうか》で会っても、わたしが近づくと、泣きそうな顔をするの……。声をかけると、話しかけないでほしいって……頼むの」

彼氏の様子がおかしくて、なごむさんはずっと悩んでいたのだ。

高校生が心中の方法について語り合うなんて、普通に考えたらおかしい。どこかゆがんでいる。

けど、なごむさんにとって、その人がかけがえのない存在だったのは、背中を濡らす涙や、消え入りそうに儚《はかな》い声から伝わってくる。

きっとなごむさんにとっては、運命の人だったのだ。

あんな切ない目をして、一緒に死にたいと願うほどに――。

そう思ったら、わたしの胸もしめつけられた。

「彼には、なにか事情があるのかもしれませんよ。本人に訊いてみたらどうですか」

「でも……怖い。わたしは必要ないって言われたら」

「そんなこと」

否定しようとするわたしの言葉を遮り、なごむさんがそれまでより激しい――引きつるような声で言う。

「ううん、だってわたしは本当はお初じゃなくて、醤油屋《しょうゆや》のお嬢《じょう》なんですものっ」

醤油屋のお嬢？

わたしは、一瞬考え込んだ。『曾根崎心中』に醤油屋のお嬢なんていたっけ？

「なごむさん、醤油屋のお嬢って、誰ですか」

なごむさんは鼻をすすりながら、子供のように訴えた。

「徳兵衛が結婚するはずだった、主人の義理の姪《めい》よ。ひどいわ、菜乃ちゃん、彼女を忘れてしまうなんて」

「す、すみません」

謝ると、ますます背中で泣きじゃくる。

「ううん――ううんっ、しかたないわ。誰も醤油屋のお嬢のことなんて、気にしないもの。……近松の物語にも一度も登場しないし、名前すら出てこないのよ。

ただ徳兵衛が彼女との結婚を断ったと書いてあるだけ。

あの可哀相なお嬢は、徳兵衛がお初と心中してしまったあと、どうなってしまったのかしら。きっと周りの人たちから、縁談《えんだん》相手の男に別の女と心中された惨《みじ》めな女だって、冷たい目で見られたでしょうね。あの女がいなければ、徳兵衛は死なずにすんだのにって。外を歩いていても、後ろ指さされて、あちこちから針で突かれているような気持ちだったんじゃないかしら……」

どうしよう。なんて言ってあげればいいんだろう。

なごむさんは何故《なぜ》ここまで、醤油屋のお嬢の肩を持つんだろう。

でも、巣鴨のうどん屋さんでも、そんなことを言っていた。

みんなが、お初になれるわけじゃないって……。


——わたしが近づくと、泣きそうな顔をするの……。声をかけると、話しかけないでほしいって……頼むの。


胸がズキンとした。

そうか……なごむさんは、自分のことを醤油屋のお嬢だと思っているんだ。好きな人に、愛されてないって。

「……彼は、はじめからわたしのこと、迷惑《めいわく》だったのかもしれない。二人で出かけても、いつも恥ずかしそうに人目ばかり気にしていて、手も繋《つな》いでくれなかったわ。わたしは、彼のお初じゃなかったのよ……っ」

なごむさんの指も、声も、震えている。

運命の人が、愛し返してくれるとはかぎらない。その人にはもう他に運命の人がいるかもしれない。わたしだってそうだ。醬油屋のお嬢みたいに、想いあう恋人たちを、ただ見ているしかない。

ヤバい……。わたしも泣きそう。なごむさんをなぐさめたいのに、どうしていいのかわからない。

「彼に会えなくなって、せめて顔だけでも見たいと思っても、写真の一枚もないの。わたし……彼の顔が、とても好きだったのに。真面目そうで、繊細《せんさい》そうで、眼鏡《めがね》をかけていて……いつも、うつむいていたわ。けどね……笑うと、可愛いの。写真……携帯で、撮《と》っておけばよかった」

あ、あれ？　眼鏡って……？

熱くなる頭の隅《すみ》で、なにか引っかかった。眼鏡をかけた男の子の顔が、ゆっくり浮かんでくる。

「わたし、バカでっ、どうしても納得がいかなくて……連絡を、待っているの。向こうから、わたしが気になって、気になって、たまらなくなって、近づいてくるのを……」

なごむさんは、ぼんやりした声でつぶやいている。

「あのっ、なごむさんの好きな人って、眼鏡をかけてるんですか？」

「ええ」

「じゃあ、もしかしたら、わたし、会ったことがあるかもしれません」

なごむさんの腕が、するりとほどける。

振り返ると、頬を濡らしたまま驚《おどろ》きの表情を浮かべていた。

「どういうこと、菜乃ちゃん？」

「その……なごむさんと巣鴨ではじめて会った日、木の後ろに、高校生くらいの男の子が立っていて、わたしのほうをじっと見てたんです。真面目そうな顔をしていて、シルバーフレームの眼鏡をかけていました」

周りがお年寄りばかりだったから、同じ年頃の男の子は目立っていて、印象に残っていたのだ。

なごむさんの顔から、すーっと表情が消える。

「……眼鏡を、かけていたの？」

「はい、学級委員長って感じでした」

「……」

「こっちを気にしているみたいだったから、声をかけようとしたら、顔をそむけて、歩いていってしまって。変な人だなって思ってたんです。ひょっとしたら、あの人がなごむさんの彼氏で、なごむさんが気になって、様子を見に来たんじゃないでしょうか」

なごむさんは黙っている。

人形になってしまったみたいに、ぴくりとも動かない。

いくらなんでも、こじつけすぎだと思ってるんだろうか。口から出まかせの、都合《つごう》のいいなぐさめだって。

「え……っと、なごむさん？」

心配して声をかけると、肩を大きく震わせて、わたしを見た。

「あ、ごめんなさい」

そうして、戸惑《とまど》っているように視線を右や下に移動させたあと、ぎこちなく微笑んだ。

「菜乃ちゃんの言うとおり、彼がわたしに会いに来てくれたのかもしれないわね」

そう言って、わたしの手をぎゅっと握った。

「ありがとう、菜乃ちゃん。ちょっと浮上したわ。思いきって彼に連絡をとってみるわ」

「はい、それがいいです」

明るい声で答えながら、なごむさんの顔が、真っ青なのが気になった。

——みんながお初になれるわけでは、ないのよね……愛した相手が、同じだけ愛し返してくれるとはかぎらない……もしかしたらその人は、別の人を好きになってしまうかもしれない……。

巣鴨のうどん屋さんで、哀しそうに目を伏せてつぶやいていた言葉が、さっきよりもっと生々しく聞こえてきて、胸が不安でいっぱいになった。

◇　◇　◇

何故あのとき、なごむのあとを、追いかけてしまったのだろう。

ただ、なごむと話をしたくて。もっとなごむに近づきたくて。

それだけだったのに、なごむの秘密を知ってしまった。

それは、なごむにとって命取りで、なのに寄りそう二人は幸福そうで、そこだけは喧《けん》躁《そう》からも、苦しみからも切り離され、静かで満ち足りていた。

どうして、どうして、なごむが——。

自分は、なごむに聞いてほしいことが、たくさんあった。自分が今いる地獄《じごく》を、なごむなら、わかってくれると信じていた。

なごむと自分は、同じ苦しみを抱く、被害者なのだと。

なのに、なごむはとてもおだやかで、安らいだ表情をしていた。あんな顔、教室では見たことがない。

優しい声で語らう二人は、物語の中の恋人たちのように至純《しじゅん》で美しいのに、それを盗み見ている自分は、惨めな脇役にすぎない。

こんなに体が裂《さ》けそうなほど、苦しくてたまらなくて——朝が来るのが辛くてたまらないのに、救いは訪《おとず》れない。

べたべたする甘い香りが、体に染みついて消えない。

こんな匂い大嫌いだっ。臭い、汚いっ。胸を鑢《やすり》で撫《な》でおろすような、けたたましい嘲《ちょう》笑《しょう》も、ずっと耳の奥で響いている。

細い指がなごむの額に触れ、なごむが恥ずかしそうに頰を染め、眼鏡をはずすのを見て、気が狂いそうになった。

世界は、狭くて、ひりひりしていて、生き苦しい。どうしたら逃げられる！　楽に呼吸ができる！

なごむは、自分を置いて行ってしまった。

◇　◇　◇

放課後。

部室へ向かいながら、こっそり携帯をチェックする。昨日の夜、家に帰ってから、なごむさんにメールを送った。

深刻《しんこく》にならないように、その日見たドラマの話とか、金魚のお店また行きましょうねとか、そんな他愛《たわい》のない内容だったけど……。

なごむさんから、まだ返信はない。

「なごむさん、彼と話せたのかな……」

ずっと下を見ながら歩いていたので、声をかけられるまで、その人に気づかなかった。

「ねぇ、ちょっと」

顔を上げると、きつい顔立ちの美人が、わたしを睨《にら》んでいた。

わたしは驚いて、息をのんだ。

図書委員の琴吹《ことぶき》先輩だ！

美人と評判の三年生で、心葉先輩の彼女だって言われていた人だ。心葉先輩は「違うよ」って否定していたけれど。

なんで琴吹先輩が、わたしに？　それに、どうして睨まれてるの？

わたしが相当びびっていたからだろう。琴吹先輩が頬を少し赤らめた。それでも唇を尖《とが》らせ、突き刺すようなきつい眼差しでわたしを見ている。

「文芸部の一年生だよね」

「は、はい」

目をむいたまま、うなずく。

どうして？　何故？　という困惑《こんわく》が、ますますふくらむ。琴吹先輩は唇をきゅっと噛んで沈黙したあと、咎《とが》めるような声で尋ねた。

「文芸部に入部したのは、井上《いのうえ》目当てだって本当？」

怒っているみたいな声だった。わたしを見つめる瞳は、少し不安そうで、けれど鋭い棘《とげ》が含まれている。

こんな目で睨まれて、こんな質問をされて、その言葉や眼差しが意味するものに、女の子なら気づかないわけがない。あまりに露骨《ろこつ》すぎる接触だった。

琴吹先輩は、心葉先輩のことが好きなんだ。

頭がカァッと熱くなり、胸の動悸《どうき》が急に激しくなる。逃げ出したいような不安や混乱と同時に、頬を焼くほどの対抗心が込み上げてくる。

わたしは足を踏ん張った。

「どうして、そんなこと訊くんですか」

琴吹先輩がわずかにひるむ。けどすぐに唇を尖らせ、強気な眼差しになる。

「あたし、前に井上とつきあってたから」

「えっ！」

今度ひるんだのは、わたしのほうだった。

「で、でもっ、心葉先輩は、琴吹先輩とはそんなんじゃないって、言ってましたよ！そんな風に噂《うわさ》されたら琴吹さんにも悪いから、日坂さんも否定しておいてくれって」

つっかえながら言うと、琴吹先輩が顔をゆがめた。少しうつむくと、ぶっきらぼうに言った。

「……本当だよ。二年生の三学期に……ほんの少しの間だけど、井上の彼女だったんだよ」

愕然《がくぜん》として、声が出ない。心葉先輩はそんなこと一言も言わなかったのに。

琴吹先輩は息苦しそうにつぶやいた。

「けど、井上は……他に好きな人がいたんだ。今も……その人のことが好きなの」

ふいに顔をキッと上げ、心の中に渦巻《うずま》いている哀しみや苛立《いらだ》ちをぶつけるように、わたしを睨む。

「だ、だから井上のこと、いくら好きになっても無駄《むだ》なんだからねっ。さっさとあきらめたほうがいいよ。井上は、遠子《とおこ》先輩以外好きにならないからっ」

こぶしを固く握りしめ、赤い目をつり上げ、震えている。

むき出しの言葉や視線が心を波立たせ、負けたくないという気持ちにさせた。

だって、そんなこと、とっくに知っている。天野先輩の話をすれば、わたしが弱気になって引き下がると思っているのだろうか。胸の奥が怒りで震える。

わたしは背筋を伸ばし、琴吹先輩の目をまっすぐ見つめ返した。

「どうしたら好きな人のこと、あきらめるなんて言えるのか、わかりません」

とたんに、左の頬に鋭い痛みが走った。

琴吹先輩が平手打ちしたのだ。

まさかいきなりぶたれると思わなかったので、唖然《あぜん》とした。

琴吹先輩も、わたしと同じくらい驚いている顔で、目を見開いている。

それからみるみる泣きそうな表情になり、眉根《まゆね》をぎゅっと寄せて唇を噛むと、わたしに背中を向けて走っていってしまった。

わたしはしばらく、ぼうっと、つっ立っていた。

わたしを叩いた瞬間、琴吹先輩の目の中に、憎しみの赤い火花が飛び散ったようだったと思いながら……。


文芸部へ行くと、ノートパソコンのキィを叩いていた心葉先輩が、目を見張った。

「日坂さん、その顔、どうしたの！」

頬が赤く腫《は》れていたらしい。琴吹先輩は相当力を込めたようで、まだズキズキする。

「琴吹先輩に、ひっぱたかれたんです」

ぼぉっとしたまま答える。

「え！」

心葉先輩が動揺《どうよう》する。

わたしはようやく感情が戻ってきて、無性《むしょう》に悲しい気持ちになった。

「心葉先輩は、琴吹先輩とつきあっていたんですね。琴吹先輩から聞きました。二年生の三学期、心葉先輩の彼女だったって」

「……」

心葉先輩は顔をこわばらせ、黙ってしまった。暗い目で視線をそらしていたけれど、小さく息を吐いた。

「琴吹さんが、きみにそう言ったんだ」

「……はい」

わたしは、心葉先輩には好きな人がいるから、あきらめろと言われたこと。どうしてあきらめられるのかわからないと言ったら、平手打ちされたことを、ぽそぽそ話した。

その間、心葉先輩はずっと苦い表情をしていた。

「琴吹先輩とつきあってたの、本当ですか」

「……うん」

心臓をぎゅっと握りつぶされたような気がした。

前に、つきあってないと言ったのは、きっとわたしにそこまで話す必要はないって、思ったからなんだろう。

ショックだった。

心葉先輩が琴吹先輩とつきあっていたことも、そのことを隠していたことも――。

胸がもやもやし、わたしは衝動的《しょうどうてき》に言った。

「心葉先輩は、琴吹先輩とつきあっていたのに、天野先輩のことを好きになったんですか？　それで琴吹先輩をフッたんですか？　それとも、天野先輩のことが好きだったのに、琴吹先輩とつきあったんですか？」

琴吹先輩が今でも心葉先輩のことを好きなのは、わたしへの態度ですぐにわかった。

それに、あの言葉――。

──井上は、遠子先輩以外好きにならないからっ。

部員がたった二人しかいない部だ。天野先輩は、常に心葉先輩の側にいたはずだ。なのに何故、琴吹先輩とつきあったの？　心葉先輩が書いたあの別れのシーンの中で、三つ編みの少女は、少年と心から想い合っていた。

二人は相思相愛《そうしそうあい》だった。

心葉先輩は、天野先輩だけを好きだったんじゃないの？

ただの後輩にすぎないわたしに、心葉先輩を責める権利なんかない、わかってる。心葉先輩だって、いい迷惑だろう。

でも、琴吹先輩の泣きそうな顔が頭に浮かんで、胸が苦しくてたまらなくなった。

「心葉先輩は琴吹先輩のこと、好きじゃなかったんですか」

「いいや、好きだったよ」

心葉先輩は顔をあげ、静かに答えた。

わたしを見る目に、哀しみが浮かんでいる。

「琴吹さんは、いつもぼくと一生懸命《いっしょうけんめい》向きあってくれた。不器用で誤解されやすいところもあるけれど、とても女の子らしくて、可愛いと思っていたよ。だから、琴吹さんとつきあったのは、ぼくが琴吹さんを好きだったからで、それは嘘《うそ》じゃない。ただ、琴吹さんへの気持ちは、恋にはならなかったんだ」

胸がぎゅっと締めつけられ、頭に血がのぼった。

「す、好きと恋は、違うって言うんですか？　そんなの……ズルい。勝手すぎます」

「そうだね、勝手だね」

大人びた切ない眼差しで、心葉先輩がつぶやく。

「でも、勝手でも止められないのが、恋じゃないか。

衝動的で、自分でも何故そんなことをしてしまうのか説明ができなくて、わけがわからないほど愛《いと》しく思ったり、心がどうしようもなく揺れ動いてしまったり、その人以外目に入らなかったり、その人の言うことなら、どんな言葉でも信じてしまったり……。

遠くに離れてしまっても忘れられなくて、その人のことばかり考えてしまったり。

まるで魂《たましい》が呼び合ってるような……日坂さんには、わからないかもしれないけれど」

「わたしも、心葉先輩に恋をしています」

心葉先輩は、暗い表情で言った。

「……そうかな。日坂さんは、恋に恋してるだけじゃないの？　恋をしたいと思っていたときに、たまたま現れたのが、ぼくだったんじゃないか？」

「そんな……っ」

わたしは声をつまらせた。

確かに最初は、恋への憧れも混じっていたかもしれない。でも今は違う。そうじゃなきゃ、キスなんてしないっ。わたしは、初めてだったのに――。

立ちすくむわたしに、心葉先輩が乾いた声で告げる。

「ぼくは、きみが望むような理想の恋人にはなれないよ」

そうして、ますます暗い目になった。

「どんな理由をつけても、ぼくが琴吹さんの好意に甘えて利用して、琴吹さんを逃げ場所にしたのは事実だ……。ぼくは最低だし、琴吹さんには恨《うら》まれて当然だ」

利用……？　逃げ場所にした……？

嫌だ。そんな言葉、心葉先輩から聞きたくない。

体がどんどん冷たくなる。震えそうな足で、しっかり床を踏みしめる。そうでないと、へたりこんでしまいそうだったから。

心葉先輩が、天野先輩一人を一途《いちず》に想い続けてきたのではなかったこと。琴吹先輩を逃げ場所にしたという告白、琴吹先輩とつきあっていたという事実。

心葉先輩の内側にあるものが、わたしが想像していたような切なく美しい感情だけじゃなくて、もっとどろどろした暗いものや、醜《みにく》くよじれたものも、あるのだということ。

そのすべてに、足が震えて、胸の中が凍りついて、心葉先輩が別の人みたいに見えた。

息を殺したまま、心細い気持ちで立ちつくすわたしを辛そうに見つめ、心葉先輩が低くて硬い声で、もっと意地悪なことを言う。

「琴吹さんの言うとおり、ぼくのことなんか、好きにならないほうがいい。——好きになっても無駄だから」

わたしは、なにか反論したかった。

そんなことありません。あきらめるなんてできません。あきらめません！　わたしの気持ちは、ちゃんと恋です！　幻想じゃありません。

そう、言ってやりたかった。

けど、わたしを見おろす心葉先輩の目があんまり暗かったので、言葉が喉の奥で絡まって、口を動かしても言葉にならない。

空気が痛いほどに張りつめたとき、携帯が震えた。

「！」

肩がびくっと跳ね上がる。

わたしの携帯ではなく、パソコンの横に置いてあった心葉先輩の携帯だった。

心葉先輩は着信相手を確かめると、そのまま耳にあてた。

「はい、井上です」

わたしから顔をそむけ、くぐもった低い声で話している。

「はい、今週中に送ります。佐々木《ささき》さんのほうは……」

もう、わたしに関心はないみたいだった。

「わたし……帰ります」

小さな声でつぶやいて、部室を出た。

廊下で携帯を見たら、なごむさんからメールが来ていた。

部活のあと、会えませんか？　とある。わたしは涙でぼやけた目で、了解のメールを返した。

なごむさんが指定したのは、新宿から数駅離れた小さな駅だった。

商店街から住宅地へ入るとお寺があって、ぽっかりと開いた敷地で、百八十体の観音様の像が並んでいる。

大きい観音様、小さい観音様、怒っている観音様、微笑んでいる観音様、何本もの手を広げている観音様、座っている観音様、立っている観音様——いろんな観音様が、冷たい夕日に照らされている。

高い木々に囲まれて、鳥が澄んだ声で鳴くその場所は、まるで人の気配《けはい》がせず、宗教的な静寂《せいじゃく》に満ちていた。

「……観音様って、どうしてみんな目を伏せているんでしょう」

「わたしたちが助けを求める声に、じっと耳を傾《かたむ》けているからよ」

なごむさんは元気がない。会ったときから、ずっと暗い表情をしている。

わたしも同じくらい落ち込んでいて、お互いになにがあったのか尋ねることもなく、淡々と話していた。

「耳を傾けるだけで、なにもしてくれないんですね」

「……そうね」

職務怠慢《たいまん》だ。政治家と神様は、どこか似ている。

なごむさんは憂いを帯びた目で、観音様の口元に浮かぶ微笑みを見つめている。

「神様は……わたしたちを救ってくれないわ」

つぶやく声には、あきらめがにじんでいる。

「『曾根崎心中』にはね……改変されたものが、いくつもあるのよ……。

近松の『曾根崎心中』では、徳兵衛はお店の主人から、姪を嫁《よめ》にしないなら店を出て行け、大阪の地は二度と踏ませない、支度金《したくきん》も必ず返せと、冷たく告げられるわね。そのお金も、友達と思っていた九平次《くへいじ》に騙《だま》しとられて、みんなの前でなぶられて……すべてを失って……どうしようもなくなって、お初と心中してしまうわ……」

「ひどい話ですよね。救いがなさすぎです。せっかくお話のはじめにお参りもしたのに、観音様はなにをやっているんでしょう」

　気持ちがすさんでいるので、大勢の観音様を前にして、つい罰当《ばちあ》たりな発言をしてしまう。

　なごむさんも、弱々しくつぶやく。

「……そうね。救いがないわね……。だから、主人が徳兵衛を心配して、お初を訪ねてきて、お金は自分が用意すると言ったり、九平次が嘘をついていたことがバレて役人に捕まる場面が、付け加えられたりしたのね……そんなの、都合のいい嘘みたいで、わたしは好きではないけれど……」

「それ、徳兵衛とお初は心中しないんですか？」

「いいえ……やっぱり心中は……するの。九平次の悪巧《わるだく》みが露見《ろけん》したとき、二人は曾根崎の森へ向かっていて……そのことを知らなかったのよ」

「なんだか、ますます救いがないような気がします」

「……そうね」

　なごむさんが、泣きそうな顔で微笑む。

「……きっと神様にも、二人が心中するのを、止められなかったんだわ……」

　神様にも止められない――。

　それが恋なんだろうか。心葉先輩が言っていた、わけがわからなくなるほどの想いって、そういうことなんだろうか。

だとしたら、恋は怖い。

相手も自分も、ぎりぎりまで追い込むような狂おしい感情を、わたしは確かにまだ知らない。

恋がはらむ闇《やみ》に背筋が震えるのを感じながら、わたしとは逆に、すでにそれを知りつくし、今まさにその危うい場所に立っているような、なごむさんの様子に、不安を覚えた。

「あのっ、なごむさん、彼とはあのあと進展があったんですかっ？」

なごむさんは哀しそうな顔で、わたしをじぃぃぃっと見おろした。

も、もしかしたら、あまりよくない結果だったんじゃ。

「えーと、無理して聞き出そうというわけでは——でも、話せば楽になることって、あると思うし、そのっ」

一人でわたわたしていると、ふいに、はにかむようにふんわり微笑んだ。

わ！

どういう意味なんだろう、この笑顔は。

「ありがとう、菜乃ちゃんのおかげで、彼と仲直りできそうよ」

「本当ですか！」

なごむさんが、ますますにっこりする。

「ええ。今日、学校で彼と話をしたわ。そうして、お互い誤解していたことがわかって、やり直そうって言われたの」

「よかった～！」

なぁんだ、心配することなかったんだ。やっぱり彼氏も、なごむさんのことを好きだったんだ。なごむさんは、醤油屋のお嬢じゃなかったんだ。

よかった、本当によかった！　わたしは自分のことみたいに嬉しかった。

「来週の日曜日に、彼と海へ行くのよ。そこからまたはじめようって。去年、彼の誕生日にも二人で海へ行ったのよ。わたしたちの思い出の場所なの」

なごむさんは幸せそうに、そのときの話をしてくれた。

「冬だったから、ただ浜辺を散歩しただけだったけれど、わたしたちの他に誰もいなくて、空が真っ青で、波の音だけが聞こえていたわ。二人で海を眺《なが》めているだけで、とてもおだやかで、安心して……あのとき、はじめて彼が、手をつないでくれたの。

指と指がほんの少しふれあうぐらいだったけど……嬉しかった。そのまま彼が手を引いて、海に向かって歩き出しても、わたしはきっと最高に幸せな気持ちで、彼についていったわ……」

でも、そうはしなかったのだと、うんと満ち足りた優しい顔で、教えてくれた。

「……目に映っている景色が、あんまり綺麗で……二人でいつまでもいつまでも眺めていたい気持ちだった……きっと、彼もそうだったんだわ。

帰り際《かえぎわ》に、浜辺に落ちていた貝を、彼の手のひらにのせてあげたの。

そうしたら、すごく嬉しそうに握りしめて、こう言ったのよ」

夕日を浴びた観音様の群れの中で、なごむさんが静かに目を閉じ、彼の言葉を、そっとささやく。

「不思議《ふしぎ》だな。この貝があれば、あと一年生きられるような気がする。生きたいなんて思ったこと、一度もなかったのに、って――。

だから、わたしは言ったの。じゃあ、来年の誕生日にも、貝をあげるわ。その次の誕生日も、また次の誕生日も……って。彼は、そうしたらぼくは死ねなくなるよって、笑ってたわ」

濡れたような黒髪と、長いスカートの裾《すそ》が、風になびき、甘い、甘い、香りがただよう。目を閉じ、かすかに微笑むなごむさんの横顔は慈《いつく》しみにあふれ、息をのむほど神聖で、観音様の像のようだった。

目を開けると、いつものなごむさんに戻り、可愛らしく笑って、わたしに抱きついてくる。

「あぁ、本当に菜乃ちゃんのおかげよ。ありがとう、ありがとう、菜乃ちゃん」

はしゃいだ声で、何度もありがとうと繰り返した。

お寺を出て、駅へ向かう間も、なごむさんはずっと陽気だった。歩きたい気分なのと言って、ひとつ先の駅まで歩いて、ホームで電車を待つ間も、海へ行くとき、どんな服を着ていこうかしら、とっておきの白のワンピースがいいかしら、エメラルドブルーのミュールをあわせるのはどうかしらと、明るい声で話していた。

やがて、電車がやってきた。

「じゃあ、わたしは、こっちだから」

なごむさんが、笑顔で電車に乗り込む。

「さようなら、菜乃ちゃん。今までありがとう」

さようならを言おうとしていたわたしは、ホームの真ん中で固まった。

なごむさんは眼鏡をかけていた。白い顔から笑みがすっかり消え失せ、儚げな哀しそうな表情で、ほろほろ涙をこぼしていたのだ。

「なごむさん……っ」

発車のベルが鳴り響き、駆け寄るわたしの前でドアが閉じる。

眼鏡をかけたなごむさんが幼い子供のように泣きながら、わたしを見ている。

そのまま電車が動き出し、わたしの視界からどんどん遠ざかり、怪しい闇の中へ消えてしまった。

あとに残ったのは甘い香りと、わたしの目に焼きつけられたなごむさんの泣き顔。それから耳の奥で繰り返す、最後のお別れのような言葉だけだった。

◇　◇　◇

なごむは、秘密を守ろうとしている。

あがけばあがくほど、搾《しぼ》り取《と》られてゆく。

真っ青な顔でうつむいて、口をつぐんでいる。決して抗《あらが》わず、膝をつき、頭をこすりつけて服従することで、必死に抵抗している。

それほどまでして、守りたいのか。命と引き替えにしても――。

これまでなごむを押し込め、息苦しくさせたまま放っておいた世界は、今、なごむに爪を立て襲《おそ》いかかり、なぶりものにしている。

なごむにはもう、安らぎは訪れない。なごむは、生《い》け贄《にえ》に選ばれてしまった。

残酷《ざんこく》な祭りは、この先も続いてゆく。

もうやめてくれっ。なごむが壊れてしまう！　甘い香りの中で、体を汚され、心を引き裂かれ、狂ってしまう！

世界が、なごむを押し潰す。

誰か、誰か——なごむを救ってくれ！

◇　◇　◇

放課後、わたしは文芸部へは行かず、なごむさんの学校を訪れた。

今は心葉先輩と顔をあわせづらかったたし、なによりなごむさんのことが気になって、しかたがなかったのだ。

昨日、家に帰ってから何通もメールを送ったけど、返事はなく、電話をかけても、すぐ留守番《るすばん》電話に切り替わってしまう。

——さようなら、菜乃ちゃん。今までありがとう。

まるで遺言《ゆいごん》のようなあの言葉と、電車のドアの向こうにある泣き出しそうな顔を思い出すたび、胃の辺りがずきずきした。

なごむさん、ちゃんと家に帰れたんだろうか。どういうつもりであんなこと言ったんだろう。

今までありがとうだなんて。

それに、眼鏡をかけていたことも、泣いていたことも、よくわからない。彼とは仲直りしたんじゃなかったの？　日曜日に二人で海へ行ってやり直すんだって、あんなに嬉しそうだったのに。

あの眼鏡は、彼のもの？　ひょっとして彼になにかあったの？

瞳ちゃんに話したら、ストーカーみたいだからやめなと言われるかもしれないけれど、どうしてもなごむさんが無事であることを確かめたい。

なごむさんは西高の二年生だと言っていた。教科書にクラスも書いてあったはずだけど、思い出せない。

松本和《まつもとなごむ》という名前だけで見つけることができるのか不安だったけど、とにかく聞いてみるしかない。

わたしは門の前で、中から出てくる生徒に声をかけた。

「すみません、二年生で松本なごむさんって女の人に会いたいんですけど」

「さぁ、知らないな」

「それだけじゃ、ちょっと。クラスとかわからないの？」

「聞いたことないな」

うさんくさそうに離れてゆく。

五人目くらいだろうか。

「あれ？　ナゴムって確か」

三人組の女の子のうちの一人が、首をひねった。

「ほら、一組の松本がそんな名前だったんじゃ」

「あ、そういえば」

「でもさ、松本って……」

友達同士でぼそぼそ話をする。全員顔色が悪い。

「ねぇ、なごむって、松本なごむのこと？　平和の和で、なごむって読ませる」

「そうです！　そのなごむさんです！」

すると女の子たちは顔を見合わせ、ますます暗い顔になった。

あれ、どうしたんだろう。

「松本なごむって、男だけど」

「え！」

動揺するわたしの耳に飛び込んできたのは、さらに衝撃的な内容だった。

「それに、松本なごむはもう学校にはいないよ。だって、先月彼女の雛沢幸《ひなざわさち》と心中しちゃったから」

三章　アトリエの姫～〝文学少女〟の肖像

瞳《ひとみ》ちゃんの反応は、いつものように冷ややかだった。

「もう、ほっとけば」

松本和《まつもとなごむ》という女生徒は、存在しないこと。

同じ名前の男子生徒は、今年の四月に、同学年の女の子と一緒《いっしょ》に亡くなったこと。

そんな話を聞いて、頭の中がごちゃごちゃになっているわたしから携帯電話で強襲《きょうしゅう》され、さらに翌日学校で、あちこち飛ぶわたしの話にしかめっつらで耳を傾《かたむ》け、瞳ちゃんが最後に発した一言がそれだった。

「菜乃《なの》が会っていた、〝なごむさん〟とやらは、いなかったんでしょ？　要するに菜乃は、そのどこの誰《だれ》ともわからない女に、騙《だま》されてたんだよ。だったら、そんな女のこと心配することないじゃない」

「けど、同じ名前の男の子が心中《しんじゅう》してるなんて変だよ。どうしてわざわざそんな名前を名乗る必要があるの？」

「そういう悪趣味《あくしゅみ》なやつって、世の中にいっぱいいるよ。菜乃みたいな単細胞の極楽《ごくらく》トンボにはわかんないかもしれないけど」

瞳ちゃんは、なごむと名乗っていた女性は、詐欺《さぎ》だったんじゃないか、同情を引いて、お金を巻き上げるつもりだったんじゃないかと言った。

「まぁ、菜乃は、金持ちのお嬢様《じょうさま》には見えないし、そんなに美人だったら、大人の男を引っかけたほうが確実だろうけどさ。ちょっとしたお遊びだったのかもね。菜乃はすぐ反応するし、ころっと騙されるから、おもしろかったんじゃない？」

なごむさんは、そんな人じゃない。

彼のことで本当に悩んでいたし、苦しそうだった。

胸の奥が、じりじりと焼けるような気持ちがした。言い返したいのに、言い返せない。

——わたし、お金持ちなの。

うどん屋さんで、わたしのおごりよと、いたずらっぽく微笑《ほほえ》んだ、なごむさん。

お金持ちって、どういうことだったの？

瞳ちゃんが言うように、誰かを騙して手に入れたお金だったの？　違う、違うっ、違うよっ。わたしはなごむさんを信じる、信じたい。

電車で去ってゆくとき、泣きながらわたしを見ていたなごむさんの、あの涙が演技だなんて思えない！

でも、なごむさんはどこにいるの？

わたしが、なごむさんだと思っていた人は！

携帯は今も繋《つな》がらないままだった。メールの返事もない。

『あなたは誰なんですか』

わたしは、何回目かのメールを打った。

『本当の名前を教えてください。心配しています』

昼休みに図書室で、古い新聞をあさる。都内の高校生男女が、雑木林《ぞうきばやし》で亡くなったという記事がある。二人の名前は出ていない。

確か新学期がはじまってすぐ、高校生の心中事件がテレビのニュースで放映されていたように思う。

けど、わたしを含めて、周りの子たちも新しい生活に慣れるのに忙しくて、あまり話題にならなかったんだ。他にも大きな事件が次々起こり、今まで思い出すこともなかった。きっと、こんなことがなければ、そのまま忘れてしまっただろう。

なごむさんは何故《なぜ》、松本和のふりをしていたの？

図書館ではじめて会ったとき、なごむさんの持っていた教科書に、『松本和』と名前が書いてあった。

わたしはそれが、なごむさんの名前だと信じ込んでいた。けど、否定するタイミングはいくらでもあったはずだ。何故、なごむさんは、そうしなかったのか？

あの教科書も、亡くなった男の子のものだったの？　どうしてなごむさんが、それを持っていたの？

それにホームページのことも――。

昨日、のぞいたけれど更新はされていなかった。ブログのトップの、『心中相手を募《ぼ》集《しゅう》します』という赤い文字もそのままだった。

あの言葉には、本当はどんな意味があったの？

なごむさんはよく、心中への憧《あこが》れを語っていた。

この世で一番確かな愛の形は、一緒に命を終えることだって。一人で死ぬのは怖くて苦しいけど、二人で死ぬのなら幸せだって。

あのとき、なごむさんは心の中でなにを思っていたの？　亡くなった松本和となごむさんはどういう関係だったの？

それに、眼鏡《めがね》の彼は――。

「さっぱり、わからないよー」

わたしはパソコンの前で、唸《うな》った。

一人で悶々《もんもん》と考えていても、堂々巡りになるのはわかっている。わたしは賢《かしこ》くもないし、名探偵でもない。ただの女子高生で、ただの文芸部員だ。

ふと、心葉先輩《このはせんぱい》の顔が、頭に浮かんだ。

三年生で、わたしより賢くて大人で……。心葉先輩になごむさんのことを話したら、アドバイスをもらえるんじゃ。

けどすぐに、胃がきゅっと痛くなった。

心葉先輩には、頼れない。

琴吹《ことぶき》先輩のことで、まだわたしの中にわだかまりが残っている。心葉先輩が優しくて誠実なだけの人ではないというショックだけではなく、あんな風に心葉先輩を責めてしまったことも、苦しそうな顔をさせてしまったことも、申し訳なかった。

あんまり自分が子供で、バカすぎて、今はまともに心葉先輩の顔を見ることができない。ましてや相談なんて……。

悩んでいる間も、時間はどんどん過ぎてゆく。

授業なんかさっぱり頭に入らなくて、英語の時間に先生に当てられて教科書を読むよう言われて、何度もつっかえて、しどろもどろで大恥をさらしてしまった。

くすくす笑われて、瞳ちゃんに後ろから小声で「……ぼーっとしてるからだよ」と嫌《いや》味《み》を言われた。

清掃の時間になってからも、携帯の着信が気になり、スカートのポケットからしょっちゅう出して見ていた。

なごむさんから連絡がないかぎり、わたしにはどうしようもない。

瞳ちゃんに見つかると、またキツイことを言われるので、廊下《ろうか》の隅《すみ》のほうでこっそり確認する。

迷惑メールばっかりで、がっかりしてしまう。

そのときいきなり肩を叩《たた》かれて、わたしは携帯を握《にぎ》りしめたまま、跳《と》び上《あ》がってしまった。

「ひゃ！」

向こうも、

「わ！」

と叫ぶ。

「はーっ、びっくりした」

胸を押さえていたのは、同じ中学出身のほっしーだ。活発で交友関係が広くて、心葉先輩の情報も、ほっしーに頼んで集めてもらった。

「どうしたの、菜乃。らしくない暗い顔して。あっ、とうとう井上《いのうえ》先輩に振られた？」

飾らない口調に気持ちがゆるんで、うるっとした。

「もう三十回くらい振られてるよ〜〜〜〜〜」

「うーん、それでも文芸部に居座り続けてるのって、すごい根性《こんじょう》だと思うけど。あー、よしよし。井上先輩のナイスな情報があったら教えてあげるから、元気出しな」

「うぅ……ありがとう。ねぇ、ほっしー、探偵の知り合いとかいる？」

「へ？」

ほっしーが目を丸くする。

「シャーロック・ホームズみたいに、文庫本五十ページくらいですらすら事件を解決しちゃう人とか、事件に首を突っ込むのが趣味な人とか、警察《けいさつ》の偉《えら》い人に知り合いがいて捜査に協力してる人とか、一般常識ないけどＩＱだけはとんでもなく高い人とか——そういう学生探偵みたいな人、聖条《せいじょう》学園にいないかな！」

「ちょっ、ちょ、ちょっと待った菜乃」

ぐいぐい顔を近づけると、ほっしーが焦《あせ》っている様子で、のけぞる。

「えーとその、落ち着け」

「うちの学園に、ミステリ同好会って、あったっけ？」

「それは知らないけど……う―ん、菜乃のことだから、真面目《まじめ》に尋《たず》ねてるんだよね？　その探偵っての」

「うん」

半べそで、うなずく。

ほっし―は腕組みして、考え込んでいたけれど、また「う―ん」と唸り、言った。

「探偵は知らないけど、〝なんでも知ってる人〟のことなら、先輩から聞いたことあるよ」

「〝なんでも知ってる人〟？」

その響きに引き込まれ、ほっし―の顔を見つめる。

ほっし―は言ってもいいのか迷っている口調で、その人のことを教えてくれた。

「今年の卒業生で、姫倉理事《ひめくらりじ》の孫なんだって」

姫倉理事とは聖条学園の理事長で、姫倉グループの会長だ。その孫なら、確かにツテは多そうだ。

「でも、卒業生じゃ会えないよ」

「その人、オ―ケストラ部のＯＧで、今もよく学校へ来てるんだってさ。ほら、オ―ケストラ部専用の、でっかい音楽ホ―ルがあるでしょ」

わたしは、学園の中央にそびえ立つド―ム状の建物を思い浮かべた。聖条のオ―ケストラ部は有名人を大勢輩出《はいしゅつ》していて、あのホールもオーケストラ部のOBの寄付だけで建てたと聞いている。

そういえば姫倉理事も、その昔オーケストラ部で指揮者《しきしゃ》を務めていたと、入学式の挨拶《あいさつ》で言ってたような。

「あのホールの最上階に、その人専用のアトリエがあって、いつもそこで絵を描いているんだって」

「じゃあ、ホールへ行けば会えるの？」

「それはわからないけど……」

ほっしーが言葉を濁《にご》す。

「てゆーか、菜乃、マジで会いに行く気？」

「うん、行ってみる」

「で、でもっ、その理事の孫って、すご──く変わってて、危ない人だって噂《うわさ》が──」

そのときちょうど瞳ちゃんが教室から出てきて、わたしとほっしーが話しているのを見て、顔をしかめた。

わたしは瞳ちゃんに反対される前に、ほっしーにお礼を言って、モップを渡した。

「ありがとう、ほっしー、今度クレープおごるね。ついでにこのモップ、戻しておいて」

「え、ちょっと、菜乃ってば！」

モップを押しつけられたほっしーが、後ろでなにか叫んでいたけれど、わたしはかまわず廊下を走っていった。

〝なんでも知っている人〟——その人なら、なごむさんを見つけてくれるかもしれない！

聖条の敷地《しきち》は、都内にあるとは思えないほど広大だ。一年生のわたしには、知らない場所も行ったことがない場所もたくさんあったけれど、中央にある豪華《ごうか》な音楽ホールは、それ自体が目印になっていて、迷うことなく辿《たど》り着《つ》くことができた。

劇場みたいな正面の入り口を進むと、中も広々としていて床に赤い絨毯《じゅうたん》が敷きつめられている。文芸部とえらい違いだ。驚いたことに受付の窓口まである。中にいた警備《けいび》のおじさんに、なんの用ですか？　と訊《き》かれた。

「一年生の日坂《ひのさか》菜乃といいます。OBの姫倉先輩は、今日はいらしてますか？　姫倉先輩に会いたいんです」

あれ？　OBじゃなくてOGだっけ？　まぁ、どっちでもいいや。

けど、警備のおじさんに、約束がなければ会えないと断られてしまった。

「お願いしますっ。どうしても姫倉先輩に、ご相談したいことがあるんです！」

ダメなものはダメだというおじさんに、そこをなんとかと、おがみにおがみ倒し、「学園の存亡に関わる重要なことなんです！」とか「人の生死がかかっているんです」とか

「わたし、理事長の隠し子かもしれないんです」とか、考えつくネタをすべて放出してねばっていたら、後ろでおだやかな声がした。

「麻貴《まき》さんが、会うそうです。こちらへどうぞ、日坂さん」

チビのわたしが見上げるほど背が高くてスマートな、スーツ姿の大人の男性が、知的に微笑んでいる。

「高見沢《たかみざわ》さん……！」

おじさんが驚いている声でつぶやく。

それから渋々《しぶしぶ》わたしを通してくれた。

「姫倉麻貴さんのお世話をさせていただいております、高見沢と申します。麻貴さんのお部屋へ、ご案内させていただきます」

わたしみたいな子供にまで丁寧《ていねい》に頭を下げ、エレベーターのボタンを押してくれる。

「あ、ありがとうございます。あのっ、姫倉先輩は、どうしてわたしが来たことがわかったんですか」

「麻貴さんのお部屋に、ホールの中を見渡せるモニターがありますから」

「え！」

わたしはカァァァッと赤くなった。

「それじゃ、わたしが入り口で騒いでいたことも、全部見られて——いえ、ご覧《らん》になっていて——」

「理事長に隠し子がおられるとは、私も初耳でした」

「すみません、すみませんっ」

頬《ほお》が燃え上がるほど熱くなり、わたしは何度も何度も頭を下げた。ひょっとして怒られるのだろうか。理事長の隠し子を騙《かた》った罪で、警察に突き出されたらどうしよう。

心臓《しんぞう》が飛び出しそうなほどドキドキし、エレベーターを降りて、高見沢さんの後についてゆく。

高見沢さんがドアをノックする。

「日坂さんをお連れしました」

「入って」

張りのある若々しい声が応える。女性の声だ。

ドアが開く。

「ふぅん、おたくが、あたしの叔母《おば》？　こんな若い隠し子がいるなんて、祖父《じい》さんもやるわね」

「すみません、すみません」

謝《あやま》ってばかりで、まともに顔を上げることができない。

すると、「あっははは」という陽気な笑い声がした。

目を上げると、光沢《こうたく》のあるシルクのシャツと、ゆったりしたパンツの上に胸当てのついたエプロンをつけた女性が、椅子《いす》の上でおなかを抱《かか》えて笑い転げていた。

ウェーブのかかった茶色の長い髪《かみ》を、後ろで無造作《むぞうさ》にひとつに縛っている。彫《ほ》りの深いくっきりした顔立ちが日本人離れしていて、華やかさに圧倒されてしまう。

わたしが来るまで、絵を描いていたらしく、イーゼルにキャンバスが立てかけてあり、傍《かたわ》らのガラスのテーブルには、筆や絵の具が散らばっていた。

笑い声はまだ続いている。

「傑作《けっさく》ね、まさかこんな形で、おたくのほうから会いに来てくれるなんて。ぷっ……くすくす——隠し子とは思いきったわね、あはは……笑いすぎて、おなかの子がひっくり返りそうよ」

「お、おなかの子!?」

わたしはびっくりして、彼女のウエストのあたりを凝視《ぎょうし》した。エプロンで隠れているけれど、子供がいるおなかには見えない。じょ、冗談《じょうだん》だよね。

それより、この人、わたしのこと知ってる?

姫倉先輩がようやく笑うのをやめて、わたしと視線をあわせて、にやりとした。

「！」

射抜かれそうに強い眼差《まなざ》しに、背中がぴんと伸びる。とっても美人で、スタイルも外国人ばりにメリハリがあるのに、雰囲気《ふんいき》が男性的というか、笑いかたが猛々《たけだけ》しい。

「堅苦しいのは嫌いなの、菜乃って呼んでもいいかしら。あたしのことも名前で呼んで。姫倉って苗字《みょうじ》、あまり好きじゃないの。麻貴——それがあたしの名前よ」

「は、はい。麻貴、先輩」

「いい子ね、素直な子は大好きよ。高見沢さん、お茶を用意して。菜乃、そこに座って」

麻貴先輩に命じられるまま、ソファーに膝《ひざ》をそろえて浅く腰かける。クッションがやわらかすぎて、後ろにひっくり返りそうになる。慌《あわ》ててバランスをとる様子を見て、麻貴先輩がまた吹き出す。

それから、見事な茶色の髪をほどくと、わたしのすぐ横に、足を組んで腰かけた。

ええっ、あのっ！　普通、初対面の相手と二人きりだったら、正面の席に座るものじゃ——これ、ちょっと近すぎじゃ！

慌てるわたしを、顎《あご》の下に片手をあてて身を乗り出し、にやにやしながら眺《なが》めている。目つきが全身をなめるように、ねっとりしている。

なごむさんが言ってた、やらしい目つきって、こんな感じ？　ううん、ちょっと違うかも。なにかこう、値踏《ねぶ》みされているような——。

「ふぅぅぅん、なるほどねぇ、おたくが、噂の新入部員ってわけね」

やっぱりわたしのこと、知ってるみたい！

「噂って——どんな噂ですか」

さりげなく体を離しながら、尋ねる。

ところが、向こうもおもしろがっているのか、わざとらしく顔と膝を近づけてくる。

「心葉くんを、だぁい好きな一年生の女の子が、文芸部に入部して、猛烈なアプローチをかけてるって」

「や、ど、どこで噂になってるんですかっ」

いくら本当でも、面と向かって指摘されると恥ずかしくて、顔から火を吹きそうだ。

「ふふん、井上心葉の関係者の間じゃ、おたくは注目の的よ。あのヘタレな心葉くんが、一年生の攻撃に耐えきれるか、遠子《とおこ》がいなくなって寂しくて、ころっと若い子のほうへ傾くんじゃないかって、興味津々《しんしん》よ」

「わたし、そんなに猛烈にアプローチとかしてるわけじゃ。ちょっとは心葉先輩の顔色見て、遠慮《えんりよ》してます。それに、心葉先輩はヘタレじゃありません」

ソファーの隅にじりじり後退しながら主張する。わたしがさがった分、麻貴先輩が身を乗り出して、じわじわ近づいてくる。

「まっ——麻貴先輩は、天野《あまの》先輩と、親しかったんですかっ？」

遠子と呼ぶ声にだけ、優しさがにじんでいるのが意外に感じた。すると麻貴先輩は、にじり寄る膝を止め、愛《いと》おしそうに微笑んだ。

「心の恋人、ってところかしらね」

その言葉の是非《ぜひ》はともかく、口調には深い親しみがこもっていた。顔つきまで、急に甘く、おだやかになる。

「入学式で一目《ひとめ》惚《ぼ》れして、三年間、顔をあわせるたび口説《くど》き続けたわ。卒業前にやっと……少しだけ、むくわれたかしらね」

そう言って、わたしの後ろの壁《かべ》を、生き生きとした誇《ほこ》らしげな瞳で見上げた。

つられてわたしも振り仰ぐ。

そこには一枚の額縁《がくぶち》があった。中に絵が飾ってあるみたいだけど、カーテンがかかっていて、どんな絵なのかわからない。

「それ、遠子の絵よ」

心臓が高く跳ね上がった。

天野先輩の絵！

わたしは彼女のことを、心葉先輩が書いた小説と、他人から聞いた話でしか知らない。

みんなが、長い三つ編みの古風《こふう》な雰囲気の文学少女だったと言う。笑顔の綺麗《きれい》な、優しくあたたかな人だったって。

卒業アルバムを見れば写真を見ることができるだろうけど、それはなんだかとても怖かった。

わたしの中で天野遠子という人は、小説の中の登場人物のように、ある意味現実感のない存在だったから。

心葉先輩が想い続けている人だけど、今現在、彼女はわたしたちの近くにはいない。だからわたしは、平静でいられるのかもしれない。心葉先輩の言葉や表情に天野先輩の影を感じるとき、確かに辛《つら》い。胸がちぎれそうになる。

それでも、心葉先輩の夢の中に生きているようなその人に代わって、わたしが心葉先輩の現実になれればいいと思える。

わたしが、心葉先輩の〝文学少女〟になるのだと。

だけどもし天野先輩の写真を見てしまったら、彼女はわたしの中で生々しい現実になって、わたしに平手打ちをくらわした琴吹先輩のように、わたしも天野先輩を打ちのめしたくなるほど嫉妬《しっと》してしまうような気がしたのだ。

そうしたら、天野先輩を見習って文学少女になりたいなんて、とても思えなくなる。

心葉先輩が天野先輩の面影《おもかげ》を探すように、白いカーテンの揺れる窓辺へ切なげな眼差しを向けるのさえ、許せなくなる。

「ねぇ、遠子の絵、見せてあげましょうか？」

「！」

麻貴先輩の言葉に、びくっとした。

体の奥から、震えが這《は》い上《あ》がってくる。

同時に、目の前の壁に掛けられたその絵を見てみたいという気持ちも、強く湧《わ》いてくる。

どうして⁉　見たくないのにっ。見ないほうがいいのに！

全く相反する気持ちの間で、息が苦しいほど揺れ動くわたしに、麻貴先輩が誘惑者《ゆうわくしゃ》の顔でささやく。

「遠慮することないのよ。おたくも、心葉くんの心を独り占めしてる先輩の絵を、見てみたいでしょう？」

手のひらと額《ひたい》に、冷たい汗がにじむ。

息をするのが、どんどん困難になる。

麻貴先輩は立ち上がると、絵のほうへ歩いていった。長くしなやかな腕がカーテンに伸び、指がカーテンの端《はし》をつまむ。

「やめてください」

わたしは顔をそむけた。

「見たくありませんっ。見なくてもいいです」

目をぎゅっと閉じる。

肌がひりひりし、胸の中でどろどろした感情が渦巻《うずま》いている。

麻貴先輩が、つまらなそうな声で言う。

「もっと勇ましいのかと思ったけど、案外臆病《あんがいおくびよう》なのね」

「それでいいです。それに、天野先輩の絵を見に来たんじゃありません」

わたしは目を開け、小さく息を吸い込み、吐《は》き出《だ》した。体が硬くこわばっていて、肩が重い。

「じゃあ、おたくは、なにをしに来たのかしら？」

麻貴先輩が、今度はわたしの正面に腰かける。

ティーセットを持った高見沢《の》さんがやってきて、優雅な手つきで、テーブルに、小さいタルトやマカロンが載ったお皿を、並べてゆく。縁《ふち》に模様《もよう》が浮き上がった白いティーカップに、銀のポットから琥珀《こはく》色の紅茶を注《そそ》ぎ込《こ》むと、甘い湯気《ゆげ》が立つ。

わたしは両手で制服のスカートを固く握り、白い湯気越しに、麻貴先輩を見据《みす》えた。

姫倉グループ会長の孫で、〝なんでも知っている〟と、学園内でささやかれるその人を——。

楽しそうにこちらを見つめ返す彼女の目に——その強さに、たじろぎそうになりながら、なごむさんのことを打ち明け、どうか力を貸してくださいと頭を下げた。

麻貴先輩はときどき紅茶を飲む以外、黙って耳を傾けていた。奇妙《きみょう》な出来事《できごと》に、興味は感じているようだ。

「いいわよ、その〝松本和〟を名乗っていた女性を、見つければいいのね」

「はいっ。本当に協力していただけるんですか？」

あんまりあっさり引き受けてくれたので、信じられない気持ちだった。

「ええ。おそらく、亡くなった松本和の関係者に違いないから、姫倉の情報網を使えば、簡単に見つけ出せるはずよ」

「ありがとうございますっ」

「お礼を言うのは早いわ。あたしはタダで情報提供はしないの」

勢いよく下げた頭を、振り上げる。

麻貴先輩は、ゾクッとするような妖《あや》しい笑みを浮かべていた。

「情報の代償《だいしょう》として、おたくがあたしの絵のモデルになること。それが条件よ」

「モデルくらいなら、いつでも――」

「そう、じゃあ脱いで」

「へ！」

わたしは目をむいた。

「ぬ、脱ぐって！」

「もちろん、制服だけじゃなくて下着も全部よ」

「！」

声を失うわたしに、さらりと言う。

「今、この場で、おたくの裸《はだか》をスケッチさせてくれるなら、彼女のことを調べてあげるわ」

「モデルって、ヌードモデルなんですかぁっ！」

「ええ」

背筋を、悪寒《おかん》が稲妻のように駆け抜ける。ヌード、ヌードって――！

「あ、あのっ、わたしの裸なんか描いても楽しくありませんよ。わたし、胸も小さいし」

「いいわね。好みだわ。もっと扁平《へんぺい》でもいいくらい」

「足も短いし、お尻もたいしたことないし、おなかも油断《ゆだん》すると、ぽっこり出ちゃいますし」

「可愛《かわい》いじゃない。ぜひ見てみたいわ。それに有名な裸体画の女性のおなかは、大抵出ているものよ。そういう女らしい豊かな体型に、芸術家は美を見いだしてきたの」

「さっき扁平がいいって、おっしゃいませんでした！」

「どちらもいけるから、安心して」

「できませんっ」

体を両手で抱えて、ぷるぷる首を横に振ると、それまでにやにやしていた麻貴先輩が、急に冷たい顔になり、叱《しか》りつけるような厳しい声で言った。

「ならとっとと帰りなさい。代償を支払う覚悟もないのに、都合《つごう》のいいおねだりをする女子高生の相手をするほど、あたしは暇《ひま》じゃないわ」

その言葉に撃たれたように、わたしは体を揺らした。

そうだ、なごむさんのことを探さなきゃならないんだ――。

電車のドアの向こうから、わたしを見つめていたなごむさんの泣き顔や、本郷《ほんごう》の観音《かんのん》様《さま》の前で、わたしの背中に抱きついて、すすり泣いていたことが浮かんで、頭の芯《しん》が熱くなった。

わたしとなごむさんは、知り合ってからまだ二週間ぐらいしか経《た》っていない。けど、なごむさんは、わたしの恋の相談にも乗ってくれたし、優しくて楽しくて、本当のお姉さんみたいだった。

なごむさんも、わたしに悩みを話してくれた。

――いままで誰にも話せなかったの。話せる人が、わたしの周りには、いなかったの。

しゃくりあげながら言っていた。

なごむさんは今、一人であんな風に泣いているかもしれない。思いつめて、心中の準備とかしちゃってるかもしれない。それでなくても、普段からどこか危ういところがあった。わたしがぐずぐず迷っている間に、なごむさんになにかあったら、きっと一生後悔する！

そ、そうよ、ヌードと言っても、見せる相手は女の人じゃない。大衆浴場や女子更衣《こうい》室《しつ》で服を脱ぐのと一緒だ。描いた絵が残るのは恥ずかしいけど、調査料としてわたしが払えるものなんて、この体くらいしかない。

そう、温泉でたまたま、女の子の裸を眺めるのが趣味の変な女の人と一緒になって、じろじろ見られたと思えば——。見られるだけで、いきなり襲《おそ》いかかってくるわけじゃないし。

「わかりました。ヌードモデルやります。脱ぎます」

わたしは、きっぱり宣言した。

麻貴先輩が、にやりとする。

いつの間にか、高見沢さんはいなくなっていた。

わたしは決心が鈍《にぶ》らないうちにすませてしまおうと、夏服のリボンを引きむしるようにほどいた。

「あらあら、せっかちね」

「早く描いてくださいっ。それで、すぐになごむさんを見つけてください」

「ふぅん……おたくは他人のことには勇ましいのね。そういう性格って、損するわよ」

「損とか得とか、考えたことありませんから」

ただ、なごむさんのことが心配で、なごむさんに会って、わたしにできることがあれば力になりたいだけだ。

麻貴先輩が口元に楽しそうな笑みを浮かべたまま、スケッチブックを取り寄せ、膝の上に広げる。

わたしは上着のボタンを全部はずし、脱ぎ捨てた。ソファーに上着が落ちる。

その下はタンクトップだ。それも脱いで、ソファーに落とす。あとは上はブラだけだ。白とパステルイエローのチェックで、レースとリボンがついている。よかった、お気に入りの可愛いブラをつけていて。せめてもの救いだ。

「脱ぎっぷりは遠子よりいいわね。さすが若さ。でも、もーちょっとだけ、情趣《じょうちょ》が欲しいかしら」

「勝手なこと言わないでください」

スカートのホックに手をかけ、はずす。

本当は、恥ずかしくてたまらなかった。けど、一瞬でも躊躇《ちゅうちょ》したら、そのまま体がすくんで動けなくなってしまう。だから恥ずかしいなんて考えずに、脱ぎ捨ててしまうしかない。

スカートのファスナーを、一番下までおろし終えたときだ。

ふいに、ドアが開いた。

そちらを向くと、茫然《ぼうぜん》とした顔で立っている心葉先輩と目があった。

心葉先輩は、四月にわたしがいきなりキスをしたときと、まったく同じ顔をしていた。目を丸くして、魂《たましい》が抜け落ちたような、惚《ほう》けた表情を浮かべている。

けどそれは一秒か二秒のことで、わたしたちは同時に叫んだ。

「なにしてるんだ！」

「きゃあああああああっ！　いやあああ！」

ブラだけの胸を両手で隠して叫ぶ。とにかく叫ぶ。絶叫する。スカートから手が離れたとたんに、足元にすとんと落ちて、ブラとおそろいのパンツがモロ見えになる。また叫んで、しゃがみ込む。

「やだぁっ！　なんで、心葉先輩がいるの――――っ！」

「日坂さんこそ、なんて格好してるんだっっ！」

心葉先輩が片手で顔をおおって、横を向く。首筋まで真《ま》っ赤《か》だ。けど、わたしも首筋どころか頭の中から目の裏まで、恥ずかしさで真っ赤に染まっているようだった。

なんでっ、なんで、なんで、なんでっっ、心葉先輩が――。下着姿、見られちゃった。

やだっ、どうしよう。胸、小さいのに――！

混乱して目がぐるぐる回っている。頭に血が上って気絶しそう。

「日坂さん、早く服を着てくれっ」

「はわわわわ」

床に這いつくばるようにして、ソファーの上のタンクトップを引き寄せる。慌ててかぶったら、前と後ろが逆で、はわはわしながらぐるりと回す。スカートを腰まで引き上げ、ホックをとめ、上着に袖《そで》を通しボタンをはめる。指がすべって、うまくとまらない。あぁぁぁっ、もう、死にたいっ。心葉先輩に見られた、見られた、見られた――見られちゃったよぉぉぉっ！

「日坂さん、ボタン、一個ずつずれてる」

「まだ、こっち見ないでください〰〰〰〰」

この騒《さわ》ぎの中、麻貴先輩はソファーに足を高く組んで座り、自分でポットからお茶を注いで飲んでいた。

「やれやれ、いいところで現れたものね。タイミング見計らってたんじゃないの」

と、つまらなそうにつぶやく。

ようやく着終わって、

「お――終わりました」

おずおず声をかけると、心葉先輩は恥ずかしそうな赤い顔で、わたしのほうを見た。

お互い目をあわせて、気まずそうに視線をそらしたり、また目をあわせて赤くなったりしたけれど、心葉先輩はすぐに険《けわ》しい顔つきになり、わたしの前までつかつか歩いてくると、腕をぐいっとつかんだ。

そうして、麻貴先輩に向かって、怒っている声で言った。

「交渉《こうしょう》は不成立です。こんな代償は、文芸部の部長であるぼくが許可しません。彼女は連れて帰ります。今後もうちの部員に、公序良俗《こうじょりょうぞく》に反する行為はさせないでください」

「あら、そういう怖い顔も、できるようになったのね」

心葉先輩は無視した。

「失礼します。行くよ、日坂さん」

わたしの腕をつかんだまま、ドアのほうへ早足で進んでゆく。

わたしはまだ混乱していて、心葉先輩に引っ張られるままになっていた。

「ねぇ、心葉くん、ずっと前にも同じようなことがあったわね」

部屋から出て行こうとするわたしたちに、麻貴先輩が話しかける。

「ちょうど今くらいの時期だったかしら？　遠子が、おたくの前でストリップをしたときのことよ。あのときは、遠子がおたくを引っ張って、この部屋から出ていったけれど、今度はおたくが、その子の手を引いてゆくのね」

心葉先輩の足が、止まる。

そっと顔をうかがうと、唇《くちびる》を固く結び、切なそうな表情で、うつむいていた。

「……」

麻貴先輩の声は、からかうようだったけど、天野先輩の名前を口にするときと同じように、愛おしさがこもっているように感じられた。

「頑張ってね、先輩」

心葉先輩が、またわたしの腕を引いて歩き出す。

廊下に高見沢さんが立っていて、お辞儀《じぎ》をした。

心葉先輩も頭を下げる。わたしも慌ててぺこりと挨拶した。

あとは無言で、どんどん歩いてゆく。

エレベーターの中でも心葉先輩は、わたしの腕をつかんだまま、むっつりと黙り込んでいた。

ホールを出ても厳《きび》しい顔で口を閉じているので、わたしは胸がズキズキして、泣きたくなってしまった。

「あの……心葉先輩、怒ってるんですよね。わたしがまたバカなことしたって思ってるんですよね」

「……」

「でも、わたし、どうしても麻貴先輩に、お願いしたいことがあったんです。わたし一人じゃ、どうにもならなくて……。前にお話ししたなごむさんが、本当はなごむさんじゃなくて、連絡がとれなくなっちゃって……心配なんです」

「……」

「だから、せっかく迎えに来てくださったのに、こんなこと言ったら、もっと怒らせてしまうかもしれませんけど、わたし、麻貴先輩のところへ戻って、ヌードモデルをします」

心葉先輩が、ぴたりと立ち止まる。

音楽ホールへ引き返そうとするわたしの腕を、驚くほどの強さで握りしめ、自分のほうへ引き寄せる。

「……こ、心葉先輩？」

「怒ってるよ」

心葉先輩が、やりきれなさそうにわたしを睨《にら》む。

「きみの想像より、三倍くらい怒ってるっ。よりによって麻貴先輩に頼ろうとするなんて」

「そういえば、どうして心葉先輩は、わたしがあそこにいるってわかったんですか？」

「きみの友達が、文芸部に知らせにきてくれたんだ。きみがネットで仲良くなった友人のことで悩んでいて、またバカなことをやろうとしてるから、止めてもらえませんかって」

「友達って、ほっしー？」

「冬柴《ふゆしば》さんって名乗ってたよ」

「瞳ちゃん！」

わたしは驚いて、声を張りあげてしまった。だって、あの毒舌でクールな瞳ちゃんが、わたしのことを心配して、心葉先輩にわざわざ知らせにいってくれたなんて――。なごむさんのことも、放っておけって言っていたのに。

瞳ちゃんがわたしのために行動してくれたことに、ホットミルクティーを飲んだみたいに、おなかがぬくもる。

瞳ちゃんはやっぱり友達だ。昔のままの瞳ちゃんだ。

あんまり嬉《うれ》しくて、頬がじわーっとゆるんでしまい、心葉先輩の厳しい視線を感じて、慌てて引き締める。

「それで来てくださったんですね。心葉先輩がドアのところに立っているのを見たときは、死ぬほど恥ずかしかったですけれど、麻貴先輩に向かって『うちの部員』って言ってくれたとき、とっても嬉しかったです」

顔を上げ、にこりと笑う。

心葉先輩が口をへの字に曲げ、さらにしかめっつらになる。

うっ、まだ怒ってる。

わたしはしゅんとして、

「だ、だからその……お気持ちだけで、じゅうぶんです。モデルになるならないは、わたしの問題ですから、なごむさんが無事なら、わたしは後悔しません。なので、腕……はなしていただけませんか」

「……いやだ」

「は？」

心葉先輩が、ものすごいしかめっつらのまま言う。頬が少し赤い。

「はなしたら、迎えに行った意味がない」

「で、でも……」

「日坂さんのこと、迷惑《めいわく》だし、怒っている。けどそれは、きみが麻貴先輩のところへのこのこ出かけていって、取引に応じようとしたことに対してだけじゃない。どうして、ぼくになんの相談もしないんだって気持ちも混じってる」

「でででででで、でもっ。相談したら、心葉先輩にご迷惑が——」

混乱のあまり、つっかえてしまう。なにを言ってるの、心葉先輩は？　なんだか、今、ものすごくありえない言葉を聞いたような。

「迷惑なんて、そんなの日坂さんには、もう山ほどかけられているっ。きみの存在自体が、すでに大迷惑だ！　今さらひとつふたつ増えたって変わらない。なのに、あんなに毎日毎日、能天気な顔で部室へ来て、どうでもいいことを延々《えんえん》しゃべっているくせに、肝心《かんじん》なことは言わないなんて。きみのたった一人の先輩としての、ぼくの立場がないだろう！」

いっきに言われて、たじたじとなった。

心葉先輩が真顔になる。

「ぼくは……なにも、見逃したくない……」

わたしを見つめる目に、痛みのような、決意のような、切ない光が浮かぶ。その眼差しの深さに、息をのむ。

「気づかないふりも、関係ないと目をそらすことも、もうしないって誓《ちか》ったんだ。真実を見つめることのできる人間になるって」

胸が震えた。

女の子のようにも見える優しい顔立ちの上級生が、すごく大人に思えた。

夕暮れに染まる校庭で、泣いていた男の子。

その子が立ち上がって、ほんのわずかの間に、ここまで成長したのだ。

「日坂さん、ぼくは最後まで、きみにつきあう。絶対に途中《とちゅう》できみの手をはなしたりしない。約束する。一緒になごむさんの謎《なぞ》をつきとめよう」

◇　◇　◇

あいつらが殺した。なごむを、殺した、殺した、殺した、殺した。

なごむが一体、なにをしたんだ！　優しい、おとなしい、美しい人間だったのに！

なのによってたかって、なぶりものにした！　逃げられないように、取り囲み、あざ笑い、支配し、搾《しぼ》り取《と》った！

誰が、なごむを追いつめたのか。

誰が、誰が、誰が、気弱ななごむを、あんな恐ろしい行為へ導《みちび》いたのか。

誰も知らない。なごむの心の中を！　誰も、誰が――。

誰が！　誰が、なごむを！

殺した！　あいつらが、あの女が――。

四章　闇の道行きに、花は香る

「心葉先輩《このはせんぱい》……っ、ここって！」

「声が大きいよ、日坂《ひのさか》さん。黙ってついてきて」

「す、すみません」

家に、瞳《ひとみ》ちゃんちで宿題をするので帰りが遅くなるかもしれないと連絡を入れたあと連れてゆかれたのは、都心にある出版社のビルだった。

心葉先輩は自動ドアを平然と通り過ぎ、受付のお姉さんたちに一言二言話しかけ、「こっちだよ、日坂さん」と慣れた様子で待合室のほうへ歩き出した。

「文芸部に知り合いがいるんだ。その人に、松本《まつもと》くんの事件の資料を集めてくれるように頼んでおいたんだ」

確かにここへ来る前、携帯で電話をかけていた。けど、こんな大手出版社に、こんなに堂々と出入りできる高校生って！

ソファーで待っていると、うんと大人の男性がやってきた。五十代くらいだろうか。

目尻に皺《しわ》のあるスマートで優しそうな人で、

「待たせたね、井上《いのうえ》くん」

と親しげに微笑《ほほえ》んだ。心葉先輩もソファーから立ち上がり、深々と頭を下げる。

「急なお願いをして申し訳ありません、佐々木《ささき》さん」

「かまわないよ、ちょうど校了明けだし。そちらのお嬢《じょう》さんが、井上くんの後輩だね」

「は、はじめまして、日坂菜乃《なの》です」

わたしも急いで立ち上がり、へこへこ頭を下げる。

佐々木さんは「こんにちは」と優しく言い、わたしたちを別の部屋へ案内してくれた。

少人数での会議に使う部屋みたいで、テーブルと椅子《いす》とホワイトボードの他になにもない。テーブルの上に、付箋《ふせん》のついた雑誌や大量のコピーが積んである。

「とりあえず、週刊誌を扱っている部署から借りられる分だけ借りてきた。役に立つといいんだが」

「じゅうぶんです、ありがとうございます。あっ、パソコンを使いたいので、電源をお借りしてもいいですか」

「かまわないよ。それじゃ、ゆっくりしていってくれ」

佐々木さんは部屋から出てゆこうとして、ふいに立ち止まり、心葉先輩にどこか切ない感じのする、あたたかな眼差《まなざ》しを向けた。

「遠子《とおこ》ちゃんへの手紙で、井上くんのことを知らせておいたよ。……きっと遠子ちゃんが、誰《だれ》より一番嬉《うれ》しいだろうから」

心葉先輩の瞳が揺れる。

遠子ちゃんって、天野《あまの》先輩……？　佐々木さんは天野先輩の知り合いなの？

心葉先輩が、うつむく。

「……そうですか」

佐々木さんはそれ以上なにも言わず、ほろ苦《にが》い顔で心葉先輩を見つめ、ドアを閉めた。

「……」

心葉先輩は眉根《まゆね》を寄せて唇《くちびる》を噛《か》み、足元をじっと見つめている。

天野先輩のことを、考えているのだろうか。

切ない表情に胸が疼《うず》き、

「……心葉先輩」

おそるおそる呼びかけると、こちらを見て、恥ずかしそうにつぶやいた。

「ごめん。ちょっとぼーっとして。さ、松本くんのこと、調べようか」

「はい」

わたしたちはお互い鈍《にぶ》い痛みを抱えたまま、資料を読む作業に没頭《ぼっとう》した。

心葉先輩と天野先輩の間には、わたしの知らない絆《きずな》がある。

はなれていても、二人はお互いを想い続けている。

わかってる。でも今は、心葉先輩はわたしの力になろうとしてくれている。それだけでじゅうぶんだ。泣きたいほど嬉しい。

――絶対に途中できみの手をはなしたりしない。約束する。

あの言葉を、わたしはきっとずっと、一生、覚えている。

一時間が経過した。

資料によると松本くんと一緒に亡くなった雛沢幸《ひなざわさち》さんは、松本くんと同じ二年生で、二人は恋人同士だったという。

集合写真のコピーに赤丸がついていて、松本くんは眼鏡《めがね》をかけた小柄でおとなしそうな男の子。雛沢さんは茶色に染めた巻《ま》き髪《がみ》の、笑顔があどけない、少しぽちゃっとした可愛《かわい》い女の子だった。

事件のあった夜、松本くんは学校の近くの雑木林《ぞうきばやし》へ行き、相生《あいおい》の木に背をもたれるように座り、体をロープで木に巻きつけて固定し、ナイフで喉《のど》を突いて亡くなった。

一方雛沢さんは、松本くんの手前に、うつぶせに倒れていたという。

雛沢さんの左手には、制服の赤いリボンが結んであり、松本くんの右手には赤いハンカチが二重に巻きつけてあった。お互いリボンとハンカチを固く結びあった状態で、息絶えていた。

雛沢さんは頸動脈《けいどうみゃく》を切り裂かれ、血まみれだったという。近くに、先端が折れて鋭く尖《とが》った低木があり、それに雛沢さんの血液が付着《ふちゃく》していたことから、雛沢さんがなんらかのアクシデントにより、この木で頸動脈を切り、亡くなったとわかった。

松本くんが雛沢さんを木に向かって突き倒して、死なせたのではないか、そのあとお互いの手首を結び、自分も木に体を縛《しば》りつけ、喉を突いて亡くなったのではないかと、記事には書かれている。

松本くんはおとなしい性格で、一部の生徒からいじめを受けており、それを苦にしての無理心中《むりしんじゅう》だったのではないかと。

こんなおとなしそうな男の子と、楽しそうににこにこ笑っている女の子が凄惨《せいさん》な死を遂《と》げたという現実に、わたしは体の芯《しん》が冷たくなった。

隣《となり》で心葉先輩が、暗い声でつぶやく。

「……ロープやナイフを用意してたってことは、松本くんは最初から死ぬ意志があったことになるね。雛沢さんは……どうだったんだろう。やっぱり、松本くんの無理心中だったんだろうか」

「そうですね。いくら好きな人と一緒《いっしょ》でも、自分から死にたいなんて、普通は思わないもの……」

でも、なごむさんは、好きな人となら死ねると言っていた。

徳兵衛《とくべえ》とお初《はつ》のように、手と手をとりあって、死の恐怖さえも飛び超えられると――。

「相生の木に体を巻きつけて、刃物で喉を突くのって……『曾根崎心中《そねざきしんじゅう》』と同じ、ですね」

「え……うん。あれは松と棕櫚《しゅろ》の根元がくっついたやつだっけ。体を縛るのは、お初の着物の帯を使うんだったね」

『曾根崎心中』と似た状況で松本くんが死んだことが、わたしはとても気になった。

「なごむさんは、近松《ちかまつ》の作品を紹介するホームページを開いていたんです。『和《わ》の空間』という名前で、管理人名も『和』でした」

自分のホームページにまで松本くんの名前をつけたのだろうか？　何故《なぜ》そこまで松本くんに執着《しゅうちゃく》したのだろう。

心葉先輩が眉根を寄せる。

「日坂さん、そのページのアドレス、今わかる？」

「あ、はい」

わたしは心葉先輩のノートパソコンで、なごむさんのページにアクセスした。

心葉先輩が操作を代わり、真剣な眼差しで画面をスクロールさせてゆく。

ブログのトップに表示されている〝心中相手を募集《ぼしゅう》します〟という赤い文字に顔をしかめ、その下の、日付とメモの羅列《られつ》を見て、ますます鼻の頭に皺を寄せた。

「……これは、なんだろう？　保健室、胃薬、保健室、頭痛薬、新井薬師寺《あらいやくしじ》、巣鴨高岩寺《すがもこうがんじ》……お寺へ行った記録？　この1000円とか1200円っていうのは……？　その日使った額かな……お小遣《こづか》い帳みたいな……あれ、ここだけ額が多い。30万？」

4／5　30万円　2ヶ月

わたしも目に止める。本当だ、気づかなかった。4／5って、ちょうど新学期がはじまった頃？

心葉先輩がさらに読み進む。

「HP知られた？　彼女？　ロープ、ハンカチ、ナイフ――日坂さん、これって！」

4／7　HP知られた
4／8　彼女
4／9　ロープ・ハンカチ・ナイフ

４／１３　メール、８時雑木林
４／１２　捜し物　タイムリミット
４／１１　捜し物　全然足りない
４／１０　捜し物

心葉先輩がなにに驚《おどろ》いているのかに気づいて、わたしも息を止めた。

ロープ、ハンカチ、ナイフって、まるで松本くんが自殺に必要なものを書き出したみたいじゃないか。それに４／１３の雑木林って――。

「松本くんが亡くなったのも、四月十三日です！」

場所は、雑木林だ！

血の気がさーっと引く。わたしたちは画面を見たまま、固まってしまった。

心葉先輩がくぐもった声でつぶやく。

「……これはまるで、死んだ松本くんの行動をメモしたみたいだ――８時は雛沢さんとの待ち合わせの時間で、捜し物は……なんだろう？」

「なごむさんは日記を書くのが面倒《めんどう》だから、代わりに載《の》せてるって言ってました。暗号みたいで楽しいでしょうって」

皮膚《ひふ》がぞくぞくと粟立《あわだ》つ。なごむさん、どういうことなの？

「どうしてなごむさんは、松本くんがロープやハンカチを用意したことまで、知ることができたんでしょう」

寒気がおさまらないわたしに、心葉先輩が険《けわ》しい顔つきで言う。

「もしかしたら、このメモは松本くんが書いたものなのかもしれない。それをなごむさんがブログにアップしたのかも」

「で、でもっ、そんなことする理由ってなんですか？　それに、どうして松本くんのメモを、なごむさんが持っていたんですか？」

心葉先輩が、暗い眼差しになる。

「それはまだわからない。けどなごむさんは、松本くんと雛沢さんの死に、なんらかの形で関わっていたのかもしれない」

「そんなっ」

泣きそうなわたしに、ちょっと困ったような顔で告げる。

「可能性のひとつとして、考えておいたほうがいい。それに……松本くんたちが死んだときの状況で、気になることがあるんだ」

「……なんですか」

わたしをじっと見おろしたまま、心葉先輩は静かに言った。

「松本くんは、どうして自分の体だけを、木に縛りつけたんだろう……。心中のつもりなら、雛沢さんの体も一緒に縛るはずじゃないか？」

「きっと遺体が重かったんです。それでうまく縛れなかったんじゃ」

「立たせたまま縛るのは大変だろうけど、木にもたれるように座らせれば、それほど難《むずか》しくないと思うよ」

わたしは目眩《めまい》がした。

「じゃあ、心中じゃなかったんですか！」

「その可能性もある」

心臓《しんぞう》を握《にぎ》りしめられたみたいな痛みが走る。頭の中に次々入ってくる情報を整理しきれず、わたしは混乱していた。

「な、なごむさんは、好きな人のことで悩んでたんですっ。自分はお初じゃなくて、醬《しょう》油屋《ゆや》のお嬢だったんだって、泣いてました。でも、彼とは仲直りできたはずなのに——」

目の前に濃い霧がかかっているみたいに不安で、頭が熱くなって、感情の高ぶりを抑えられない。

わたしは、なごむさんとのこれまでのやりとりを、心葉先輩に話した。

なごむさんが心中に憧《あこが》れていたことや、巣鴨で見た眼鏡の男の子のこと。

彼には他にお初がいると言っていたことも、彼との海での幸せな思い出も、日曜日にそこへ行って、やり直すのだと嬉しそうに話していたことも、別れのときの眼鏡をかけた泣き顔も、全部――。

なごむさんについて語れば語るほど、なごむさんが本当はどんな人だったのか、わからなくなり、胸が切り裂かれ、気持ちが乱れてゆく。

わたしが巣鴨で見た眼鏡の男の子の話をしたとき、なごむさんはなんであんなに驚いていたの？　あの人が、なごむさんの彼氏じゃないの？　死んだ松本くんとなごむさんは、どういう関係だったの？

「落ち着いて、日坂さん」

心葉先輩が、わたしの手をぎゅっと握った。

「きみは、麻貴《まき》先輩に裸《はだか》をさらしてでも、なごむさんを捜し出して力になりたかったんだろ？　だったら今そんな情けない顔しちゃダメだ。きみはまだ彼女の真実を知っちゃいない。彼女の本当の名前すら知らないじゃないか」

頭の奥にまで響く、声。

わたしの手を握りしめる指も手のひらも、ひんやりしていた。けれどそこに込められた力は痛みを感じるほど強くて、わたしの顔をのぞきこむ瞳も、真剣だった。

指の震えが止まる。

「……そ、そうですよね、わたし、なごむさんのこと、なにも知らないんですよね……」

不安も混乱も、まだ胸の奥でうごめいている。けれど、口元に力を入れ、笑った。

そうだ、うろたえたり落ち込んだりするのはあとでいい。今できることをしなきゃ。

「ありがとうございます、もう平気です。この先も、なにを知っても逃げたりしません。なごむさんのこと、友達だと思ってますから」

心葉先輩が安心したように微笑む。それからいきなり赤くなって、手をはなした。

「明日、松本くんの学校へ行ってみよう。なにかわかるかもしれない」

恥ずかしそうに口をへの字に曲げて横を向いたことも、きっと一生忘れない。


出版社を出る前、佐々木さんに挨拶《あいさつ》をした。

佐々木さんは「気をつけて帰りなさい」と微笑んだあと、心葉先輩をじっと見つめて言った。

「井上くん。例の件は進めているよ。きっときみが想像している以上の騒《さわ》ぎになるだろう。けど今のきみなら戦える。私はいつでも力になるよ」

「ありがとうございます。ぼくももう、逃げません」

二人の会話は、わたしにはわからなかった。

心葉先輩のまっすぐな瞳だけが、目に焼きついた。

なごむさんは、以前に松本くんとつきあっていたのではないか？

あるいは松本くんに片想いをしていたのではないか？

帰り道、心葉先輩はそう推測した。

「それなら、彼女が自分を醤油屋のお嬢だと言っていたことも、説明がつく。だから、そんな人が松本くんの周りにいなかったか、聞いてみよう」

けど――。


翌日の放課後、校門の前で声をかけた松本くんのクラスメイトの女の子たちは、あっさり答えた。

「松本に片想い？　それないと思うけど」

「幸の他に松本と噂《うわさ》になった女なんて、聞いたことないよ。幸とつきあってたのも驚きだったもん」

彼女たちの話によると、松本くんは地味でおとなしく、しょっちゅう胃を壊して保健室で休んでいるようなひ弱な男の子で、女の子に騒がれるタイプではなかったという。

「松本くんがいじめられてたというのは、本当？」

「うん、瀬尾《せお》のグループに目をつけられて、お金とられてたみたい」

「松本おとなしいから、言いなりだったんじゃない」

心葉先輩が神妙《しんみよう》な顔つきになる。

「彼女の雛沢幸さんは？　どんな子だった？」

「ロリ顔で巨乳で、男子にはモテてたよー。女子にはハブられてたけど」

「自分のこと、あまったるい声で『幸ねぇ』って言うんだよねー。スカート超短くて、すぐ男に色目使うし」

「そうそう、サセコで有名だった。教師とも不倫《ふりん》してたとか」

「松本の前は、三上《みかみ》とだったよね」

「そう！　休み時間になると隣のクラスから来て、三上に宿題聞いたりノート借りたりして、べたべたしてたよね。なのに松本に乗り換えたとたん、今度は三上の前で松本にべたべたするんだから、みんな呆《あき》れてたよ。三上、すごいムッとしてて、松本のほう絶対見なかったもんね」

「三上って？」

心葉先輩が尋《たず》ねると、

「クラスメイトだよ、すごく真面目《まじめ》で、学年トップの人」

「その人が、雛沢さんの前彼だったの？」

「そっ。まぁ幸にとっては、宿題係だったのかもしれないけどさ」

「三上、幸が松本と心中したあと、しばらく学校休んでたね。登校してからも暗ぁい顔で携帯いじっているし、やっぱショックだったんだよ。幸が他の男と死んじゃって」

「だね、幸、松本だけはマジっぽかったし。実はあたし、見ちゃったんだ。生物室で、涙ぐんでる松本に幸が、『大丈夫だよ、幸がいるよ』って、頭撫《な》でてキスするの。そのとき、幸、すんごく優しい顔してたんだよね。普段は脳味噌《のうみそ》足りないバカ女なのに、そのときだけは幸が綺麗《きれい》に見えた……っていうか。ほら、幸って、誘われると誰にでもほいほいついてくやつだったけど、松本はそういうタイプじゃないし、幸のほうからは珍《めずら》しいっていうか、はじめてじゃない？」

「うわぁー、としたら、三上ますます立場ないわ」

彼女たちは、わたしたちの存在を忘れたように、雛沢さんを巡る三角関係で盛り上がっている。そこに、なごむさんらしき人の影はない。

心葉先輩が、やんわりと口を挟《はさ》む。

「いろいろ話してくれてありがとう。よかったら三上くんの連絡先を教えてもらえるかな。それと瀬尾くんのほうも、わかれば」

「いいけど、今どっちも学校来てないよ」

「え」

わたしと心葉先輩、同時に目を見張る。

「三上は先週から休んでるし、瀬尾は入院してるから」

「入院？」

「そう、瀬尾たちの溜《た》まり場《ば》だった用具置き場が、火事になったの。そんで鍵《かぎ》が壊れてたみたいで、内側からなかなか開かなくて、中にいた連中全員大やけどだったんだ。みんな、松本くんの呪《のろ》いだって言ってるよー」

「！」

このときわたしの耳の奥に、ふいによみがえったのは、なごむさんの言葉だった。

学校なんて燃えちゃえばいいのに――。そう言っていた。

まさか！　考えすぎだ。

心葉先輩が、瀬尾くんが入院している病院と、三上くんの連絡先を携帯にメモしている間、わたしはずっと、なごむさんのうっとりした眼差しや、甘い香りを思い出し、体を冷たくこわばらせていた。

全身に火傷《やけど》を負ったという瀬尾くんは、だいぶ回復して、普通に話せる状態だった。けれど、今も顔の半分が包帯《ほうたい》や絆創膏《ばんそうこう》で隠れ、松本くんの名前を聞いたとたん、落ち着かなくなり、怯《おび》えている目で言った。

「お、俺たちは、松本にちょっと金を借りただけだよ、千円とか二千円とかそんなもんで、何万も要求したわけじゃねー。松本も、嫌だなんて一言も言わずに貸してくれたんだっ。くそっ、三上が、松本に美人の彼女がいるなんて言いやがったから――。

三上のやつ、自分が幸をとられた腹いせに、俺たちを松本にけしかけたんだぜ。ぼんぼんの三上と違って、松本なんかかまっても、たいして金になるわけでもないし、楽しくもなかったのに、心中なんかされて、俺たちが悪者にされて、こんな目にあって、たまんねー。俺たちは悪くないんだ、悪いのは三上だ」

最後は、もう話したくないというように黙り込んでしまい、なごむさんのことは訊《き》けなかった。

「あとは、三上くんにあたってみるしかなさそうだ」

心葉先輩が三上くんの連絡先に、携帯で電話をする。

「ダメだ、出ない。どうする？　直接家へ行く？」

「はい」

わたしは、きっぱりうなずいた。

三上くんは、両親が仕事で海外に長期出張することが多く、自宅マンションにほぼ一人暮らしの状態だという。

四階にある部屋に辿《たど》り着《つ》いたとき、空は夕暮れに染まりはじめていた。西日がまぶしく照りつけ、汗ばむほどだ。

「暑いですね」

「今日は気温が高いらしいから」

心葉先輩がドアの横のチャイムを鳴らす。

応答がない。もう一度呼んでも、同じだった。

「留守《るす》みたいだね」

体から緊張がとけ、胸がしぼんでゆく。せっかくここまで来たのに。

しゅんとするわたしを励《はげ》ますように、心葉先輩が言う。

「逆戻りになるけど、松本くんたちが亡くなった雑木林に行ってみないか？　実際に現場を見たら、松本くんが自分の体だけ木に縛りつけた理由も、わかるかもしれないし」

「そうですね。そうしましょう」

わたしも気を取り直し、明るい声を出す。

心葉先輩と歩き出したとき、ひやりとした風が首筋を撫で、甘い香りがただよった。

なごむさん？

驚いて振り返る。

四〇一号室のドアは、ぴったり閉じたままだ。

お隣の四〇二号室の窓の手すりに、白いプランターがあり、そこに花が植えられていた。赤紫色の小さなつぼみが群れ集い、あでやかな大輪の花のように見える。

なごむさんに似合いそうな花だと思ったら、鼻がつんとし、切なくなった。

わたしが嗅《か》いだのは、この花の香りだったのだろうか。

「日坂さん、どうかした？」

「いいえ、行きましょう」

わたしは心葉先輩のほうへ歩いていった。

◇　◇　◇

なごむからの最後のメッセージを、何度も何度も読み返す。

なごむが守りたかったものを、どう守ればいい。

なにが残っている？　この手に――。ダメだ、もう遅い。優しくなんて、無理だ！

臓腑《ぞうふ》を抉《えぐ》るような、憎しみばかり込み上げる。

まるで呪いにかけられたように、なごむの姿が頭から離れない。眼鏡をとった清潔《せいけつ》な白い顔――。真《ま》っ赤《か》に染まった首。名前を呼んでも、動かない。手首に固く結んだ、赤いハンカチ。

それから木の枝から射し込む月の光。その中を、ゆっくりと泳ぐ、白い両腕――。手を伸ばし、つかんだとたん、やわらかく振り払い離れてゆく。

こちらへ向けられた、微笑み。

ゆっくりとほころぶ、紅《あか》い——紅い、唇。

飛び散る、赤い血！　間に合わない！　遅すぎた！

あれはなごむの——いいや、あの女の——。

◇　◇　◇

心中現場の雑木林に到着したのは、夜だった。

百円ショップで購入した懐中電灯《かいちゅうでんとう》で前方を照らしながら、木々の間を進んでゆく。

「明日にすればよかったかな」

「でも、松本くんたちが亡くなったのは夜ですから。こちらのほうが臨場感《りんじょうかん》がありますよ」

「日坂さん、怖くないの」

「なにがですか」

「心中現場へ行くの、女の子なのに怖くないのかなって」

「ホラーは得意分野です」

「そう、心強いよ」

「ひょっとして、心葉先輩は幽霊が怖いんですか。だったら、わたしにしがみついてもかまいませんよ」

「……ありがとう」

心葉先輩が苦笑混じりに言う。

「それにしても、松本くんたちはどのへんで亡くなったんでしょう」

「相生の木に、ロープで体を縛りつけたってことだったけど」

「それらしい木が見あたりませんね」

しめった土を踏《ふ》みしめ、枝をかき分けながら歩き回る。懐中電灯をつけているので、虫が寄ってきて、むき出しの腕や足がかゆくなる。

「失敗しました。虫除《むしよ》けスプレーも購入するべきでした」

「あ、日坂さん、あの木なんじゃないかな」

心葉先輩が懐中電灯をかかげる。

寄《よ》り添《そ》う木々が、オレンジ色の光の中で、枝を広げている。もともと別々の木だったのが、根もとの部分がくっついて一本の木が枝分かれしているように見える。

確かに、相生の木だ！

わたしたちは慎重《しんちょう》に、木の側《そば》に近づいた。きっと松本くんが亡くなったのは、この木に違いない。

ここにロープで体を縛りつけ、ナイフで自分の喉をついたのだろうか。

手首を、雛沢さんと結びあわせて。

雛沢さんは、このあたりに倒れていたのだろうか。

足元を見つめて、ゾクッとした。

そこには黒々とした土と、短い草が生えているだけなのに、制服を着た女の子の遺体《いたい》が転がっているように錯覚《さっかく》したのだ。

心葉先輩は懐中電灯を上下に動かし、木の周囲をゆっくり歩いている。

「あまり太くはないね……。これだと、二人縛るのは難しいかも……」

手を伸ばし、ごつごつした幹に触れる。

そのまま厳しく澄んだ目で、じっと木を見つめた。そうして木の表面に手を這《は》わせ、しまいに、木に寄り添うように耳を押しあてた。

その行為を、わたしは息をのんで見つめた。

心葉先輩が目を閉じる。

林の中は冷たく静まり返っている。時折、虫の羽音だけが聞こえる。

そんな中で、心葉先輩は身動きもせず木にもたれている。呼吸をしていないんじゃないかと不安になるほどだった。

「こ……心葉先輩」

「……」

小声で呼びかけるが、応《こた》えがない。

「心葉先輩っ！　心葉先輩っ！」

飛びついて揺さぶったら、わっと声を上げて目を開けた。

「乱暴だな、頭を木にぶつけちゃったよ」

「だって、ずーっと動かないから」

心葉先輩が苦笑する。

「想像――してたんだ」

「想像？」

真顔でうなずく。

「……松本くんはどんな気持ちで、自分の体を木に結びつけたのかな……って。最後の瞬間、なにを考えたのかなって……」

亡くなった人の気持ちを想像してみることなんて、わたしはこれまでなかった。

その人が、死ぬ前になにを考えたのかなんて。

ならば、彼女の雛沢さんは、死ぬ間際《まぎわ》なにを思ったのだろう。

雛沢さんの死は事故だとされているけれど、その直前、二人の間にどんなやりとりがあったのか。雛沢さんは、死にたくないと思いながら逝《い》ったのだろうか。

『曾根崎心中』のお初も、徳兵衛に脇差《わきざ》しで喉を何度も抉られたとき、幸せだったのかな……。なかなか死ねなくて、絶対に痛かったはずなのに……。

そして、一人取り残された醤油屋のお嬢は、二人の死の知らせに、なにを思ったんだろう。

なごむさんは、松本くんと雛沢さんの死を知ったとき――。

ふいに、ざ――っと音がして、風が木々の間を吹き抜けた。

乱れる髪を手で押さえる。甘い香りが鼻をかすった。

この香り！

わたしは慌《あわ》てて、香りのするほうへ駆け出した。

「日坂さん！」

心葉先輩が追いかけてくる。

甘い、甘い香り。

なごむさんの体からただよっていた、どこか懐《なつ》かしい、妖《あや》しい香り。

あそこだ！

わたしは草を踏みつけ、枝をかきわけた。

「なごむさん……！」

そこになごむさんは、いなかった。

ただ、一本の木が生えていて、夜だというのに白い花を咲かせている。

闇《やみ》の中、輝くように咲き誇る白い花々。脳が痺《しび》れるような甘い香りは、そこからただよっている。

茫然《ぼうぜん》と立ちつくすわたしに、息を切らした心葉先輩が追いつく。

「いきなり走り出してどうしたの、日坂さん」

「この花から、なごむさんと同じ匂いがしたから」

心葉先輩が目をすっと細めて、花を見る。

「……夜になると香りを放つ花だよ。うちでお母さんが育ててる。これとは種類が違うけど、花びらの外側が紅色で、内側が白いやつ」

「外側が、紅色？」

胸が、とくんと鳴る。

「うん、ムーンライトフレグランスっていうんだ。三上くんの隣の部屋の窓に、プランターがあったでしょ。赤っぽいつぼみがたくさんついたやつ。あれがそうだよ。夜になるとつぼみが開いて、白い花びらが甘い香りを放つんだ」

四〇一号室のほうから吹いてきた、冷たい風と甘い香り。

振り返ったわたしの目に映る花は、なごむさんの唇に似た、艶《あで》やかな紅色だった。

「心葉先輩っ、わたし、三上くんの部屋の前で、甘い香りを嗅いだんです。ムーンライトフレグランスは夜香る花なんですよね？　日はまだ照っていたのに——なごむさんみたいな甘い香りがしたんですっ」

心葉先輩の表情が険しくなる。

「三上くんのマンションに戻ろう」

「はいっ」

ざわざわと風が鳴る雑木林を、わたしたちは懐中電灯の明かりを頼りに夢中で走った。

わたしが、あの香りを嗅いだとき、なごむさんは部屋にいたのかもしれない。

ドアの隙間《すきま》か窓から、わたしたちを見ていたのかもしれない。

だとしたら、何故声をかけなかったの？　もし——もしも、声をかけられない状況だったら！

不安で心臓が飛び出しそうだった。頭の中で嫌な考えばかり、ぐるぐる回る。

喉に冷たい空気が入り、息が止まりそう！

電車で移動する間、両手を握りしめて、なごむさんの無事を願っていた。

駅でタクシーを拾い、マンションに辿り着き、階段を駆け上る。お隣の四〇二号室の窓辺のプランターに、白い花が可憐《かれん》に咲《さ》き誇《ほこ》り、甘い香りを振りまいている。

チャイムに手をかけ何度も鳴らした。応答がなく、ドアを叩《たた》きながら声を張り上げる。

「なごむさん、いたら返事をしてください！　わたしですっ！　菜乃です！　なごむさんっ！　なごむさんっっ！」

近所の人に通報されそうな勢いで叫んでいると、がちゃりと鍵が回る音がして、ドアが小さく開いた。

そこから冷たい風と、甘い香りが流れ出てくる。

「！」

ドアの向こうは墨《すみ》を流したように暗い。白い顔が、ドアの隙間の分だけ浮かび上がり、濡《ぬ》れた目が、うかがうようにこちらを見つめる。

「……菜乃ちゃん」

弱々しく掠《かす》れた声がした。

「なごむさん！」

わたしはドアの端《はし》に手をかけ、身を乗り出した。

後ろで心葉先輩が息をのむ。

「しっ……菜乃ちゃん。声を出さないで」

なごむさんが、震える声で言う。

「お願い……静かにして」

苦しそうに顔をゆがめ、びくびくとわたしを見ている。誰かに脅《おど》されているんだろうか。ドアに手をかけたまま立っていると、なごむさんがゆっくりとドアを開けた。

外は半袖《はんそで》でも平気な温度なのに、真冬のような冷風が吹きつける。中は真っ暗だ。

そのとき、わたしの喉を、鋭く光るものがちくりと突いた。

「声を出さないで。中へ入って。後ろのあなたもよ」

乾いた声で命じたのは、なごむさんだった。

これまでわたしに見せたことのない険しい眼差しで、わたしの喉に、両手で握りしめた大きな鋏《はさみ》を突きつけている。

「なごむ……さん？」

「……入って、菜乃ちゃん」

眉根をぎゅっと寄せ、懇願《こんがん》するようにささやく。その表情に、ほんの少し弱さが見えて、わたしは言われたとおり部屋の中へ入った。

心葉先輩も、わたしのあとに続いたようだ。「ドアをしめて鍵をかけて。チェーンもよ」と、なごむさんが言うと、後ろでがちゃりと音がした。

わたしの喉に鋏を突きつけたまま、なごむさんが廊下《ろうか》を進んでゆく。なごむさんは全身をこわばらせ、病人のようにハァハァと短い呼吸を繰り返している。

電気がついていないので、様子がよくわからないけれど、手足がかじかむほど寒い。

モーターが回るようなこの音は、クーラー？

なごむさんが、正面のドアを開ける。

中はやっぱり電気がついていなくて、冷凍庫みたいに寒かった。壁《かべ》に設置された大型のエアコンが低く唸《うな》りながら、吹雪《ふぶき》のような冷風を吐《は》き出《だ》している。

闇に目が慣れてくると、少しずつ部屋の中が見えてきた。

リビングのようで、家族が囲む大きなテーブルやソファーがあり、どっしりしたサイドボードがあった。その前に、うずくまる影がある。

犬⁉

影が身じろぎし、苦しげな声を上げる。

違う、犬じゃない！　人間だ！

全身から血の気が引いてゆく。

その人は、わたしたちと同じくらいの年頃の男の子で、半袖のシャツを着ていた。その上から犬の散歩に使うような細い鎖《くさり》で、何重にも縛られている。さらに後ろにまわした手首も、ガムテープかなにかでぐるぐる巻きにされ、膝《ひざ》にもロープがまかれ、右足に手錠《てじょう》がはめられ、その片側の輪はサイドボードの脚に固定されている。

フローリングの床に、フレームのひしゃげた眼鏡と割れたレンズが落ちていた。その横に、水を入れたボウルが置いてある。

縛られている彼が、水を飲みたそうに体をボウルのほうへ伸ばすけれど、あと少しの距離《きょり》で届かない。哀しそうに唸り、歯ぎしりする。

食事を与えられていないのか、頰《ほお》がこけ、目がくぼんでいる。

まさかこの人！

「み、三上くん……？」

わたしの声に反応したのだろう。

「……ぁ、た、たすけて、くれ……」

ひび割れた声で呻《うめ》く。

わたしは、頭がぐらぐらするほど衝撃《しょうげき》を受けた。足元の闇が割れて、底なしの沼に落ちてゆくような感覚に襲《おそ》われる。

「なごむさん！　この人、三上くんなんですねっ。だってここは三上くんの家でしょう！　なごむさんは、ここでなにをしてるの！」

喉に突きつけられた鋏を、わたしは忘れた。頭の芯が熱くなって、混乱して、問いつめずにいられない。

「だって、仕方ないじゃないっ！」

なごむさんが鋏を自分の胸に引き寄せ、癇癪《かんしゃく》を起こした子供のように叫ぶ。

「彼が、本当のことを言わないんですものっ！　なごむくんが、どうして雛沢さんと心中したのか、彼は知ってるはずなのに！」

「なごむくんって――松本くんのことですね？　なごむさんは、松本くんとどういう関係なんですか？　なごむさんは〝誰〟なんですか？」

なごむさんが、首を激しく横に振る。

「彼が、知ってるっ、知ってるのよっ！　なのに黙ってるの。話したら水を飲ませてあげるし、ごはんも食べさせてあげるって言ってるのに――黙っているのっ。ねぇ、知ってるんでしょう！　知ってるんでしょう？　三上くん！」

ぎらぎら光る切っ先を、三上くんのほうへ突きつけ、わめく。

よく見ると、三上くんのふとももに、針が何本も突き刺さっていて、わたしは心臓が冷え上がった。

なごむさんはおかしい！　普通じゃない！　なごむさんを止めなきゃ！

そのとき、わたしの後ろで、静かな声がした。

「やめてください、先生」

なごむさんが、瞬時に振り返る。

闇に浮かぶ病的に白い顔に、驚きが広がる。

声をかけたのは、心葉先輩だった。

「あなたは松本和くんの学校の、保健室の先生ですね」

五章　僕は、手首に赤いハンカチを巻いて

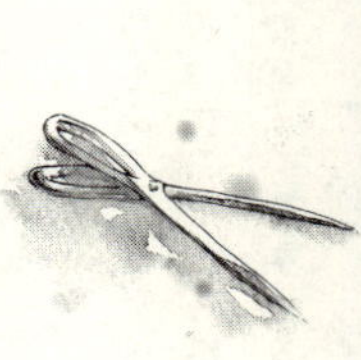

パチリと音がし、部屋の中が明るくなる。

心葉先輩《このはせんぱい》が、壁《かべ》のスイッチを入れたのだ。

心葉先輩の表情は硬く険《けわ》しかったけれど、冷静に見えた。背筋がすっと伸び、なごむさんを見つめ返す目にも、知的な光がある。

そんな心葉先輩を、わたしは息をのんで見つめていた。

「先生の知りたいことは、ぼくが教えてあげます。三上《みかみ》くんはそんなに弱っていたら、まともに話すことなんかできないでしょう」

心葉先輩は、なにを言っているの？

なごむさんが、保健室の先生？

それに、心葉先輩がなごむさんの知りたいことを教えるなんて、そんなことできるの？

三上くんは顔を床にすりつけ、亀《かめ》のように縮《ちぢ》こまっている。わたしは迷わず水の入っ

たボウルをとり、三上くんに持っていった。なごむさんがはっとするが、心葉先輩の言葉が気になるのか、止めない。

「三上くん、しっかりして」

小声で呼びかけると、三上くんはボウルに顔を突っ込み、水をぴちゃぴちゃなめはじめた。

心葉先輩があんまり落ち着いているので、なごむさんは困惑《こんわく》しているようだった。鋏《はさみ》をぎゅっと握《にぎ》りしめ、咎《とが》めるような声で尋《たず》ねる。

「あなたは……誰《だれ》なの？」

「ご覧《らん》のとおり、ただの高校生です。文芸部の部長をしている井上《いのうえ》といいます。日坂《ひのさか》さんの先輩です」

わたしが話していた心葉先輩だと気づいたのだろう。「菜乃《なの》ちゃんの」とつぶやく。

「どうしてわたしが、保健室の先生だとわかったの？」

「不自然だったからです。誰もあなたを知らないことが」

心葉先輩が、なごむさんの目を見たまま答える。

「日坂さんの話では、あなたと松本《まつもと》くんは、つきあっていた。なのに誰もあなたを認識していない。松本くんがつきあっていたのは雛沢《ひなざわ》さんだけだと、クラスの女の子たちは断言していました。他に松本くんに女性の噂《うわさ》はなかったと。——あなたのような美人が、目立たないはずがないのに。何故《なぜ》、誰もあなたを知らないのか？」

なごむさんの表情が、緊張にこわばる。

「それは、あなたが、松本くんが会いに行っても不自然ではない場所にいたからです。松本くんは胃腸が弱く、よく保健室で休んでいたといいます。あなたたちは、そこで会っていたんです。表向きは保健室の先生と生徒という立場で——。あなたは、そこにいて当然の人間だった。だから誰もあなたに気づかなかった」

心葉先輩が凜《りん》と言い放つ。

なごむさんは目を伏せ、哀しそうな様子で、

「そうよ」

とつぶやいた。

わたしは三上くんの膝《ひざ》の針を抜いたり、体をさすったりしながら、胸が締めつけられる思いで、二人のやりとりを見守っている。

「わたしの本当の名前は、芦屋朱里《あしやあかり》というの。去年から西高《にしこう》の保健室に勤務しているわ」

霧が風に流され、これまで見えなかった景色がくっきりと浮かび上がるように、なごむさんの言葉や表情の裏側にあったものが、見えてくる。

わたしと会うとき、いつも私服だったこと。

うどん屋さんで、『わたしお金持ちなの』と微笑《ほほえ》んで、二人分の会計をすませてしま

ったこと。自己紹介のとき、『わたしは西高よ、今年二年で』と言いかけたこと。

あれは勤続二年目という意味だったのだ。保健室で、先生たちの目を盗んでカモミールティーを飲んだと言っていたのも、きっと他の先生たちの——という意味だったんだ。

保健室の先生が留守《るす》にしている間、ということではなくて。

前から、体つきも言動も、大人の女性みたいだと感じることがあった。けど、はじめに教科書を見たせいで、ずっと高校生だと思い込んでいた。

じゃあ、朱里さんは、生徒と恋愛をしていたの！

だから、二人とも周りの目を気にしていたの？　人混みで手をつなぐこともできないほどに——！

朱里さんはうるんだ目で唇《くちびる》を噛《か》み、小さく震えている。

その苦痛のにじむ表情を見ていたら、わたしの胸も裂《さ》けそうになった。きっと二人きりでいるときも、引け目を感じて辛《つら》かったんじゃないかって……。松本くんを好きになればなるほど自分の立場を思い出して、罪の意識を感じたんじゃないか。

朱里さんが自分の体に腕を回して、寒そうに震える。

「あなたの言うとおり……わたしとなごむくんは、保健室でよく会っていたわ。でも世間で言うような恋人同士ではなかった。わたしたちはキスをしたこともなかったわ。できなかったの……。お互いを好きだというだけで、罪のような気がして……。特になごむくんは、わたしと指が触れただけで、怯《おび》えて引っ込めていたわ」

そうつぶやく声は、哀しそうだった。

「でも……それでも、わたしたちは同じ願望を持っていたから、それを共有できるだけで幸せだった」

「それは、あなたと松本くんが、死を共にするパートナーだったということですね」

心葉先輩の表情が暗くなる。

逆に朱里さんの目には、ほのかな憧《あこが》れが灯《とも》った。

「ええ。一緒《いっしょ》に死のうって約束したわ。どうしたら苦しまずに逝《い》けるか、毎日のように二人で語りあったわ。なのに――」

ほころびかけた唇が、こわばる。

「なごむくんは、他の女の子と心中《しんじゅう》してしまったわ。なごむくんが雛沢さんとつきあっていると聞いたとき、無責任な噂だと思って、わたしは信じなかったのに――」

青ざめた唇を震わせ、目をぎゅっと閉じ、朱里さんが唸《うな》る。そうして真っ黒な髪《かみ》が頬《ほお》に乱れかかるほど激しく首を横に振る。

「いいえ――違うわ、信じたくなかったから知らないふりをしていたのよ。今だって信じたくない。信じられないっ。

なごむくんが亡くなったあと、パソコンの中に残っていたスケジュール帳を見つけたわ。ホームページは、わたしとなごむくんの二人で運営していたから、パソコンも共有して使っていたの。パスワードを解除して、スケジュール帳を読んでみたけれど、やっぱりなごむくんがどうして雛沢さんと死んだのか、わからなかった。けど、ホームページのアクセスログの解析結果を見て、気づいたのよ」

朱里さんが、動きをぴたりと止め、険しい目で宙を見据《みす》える。

「今まで一日に十もなかったアクセスが、百を超えてることに。

時間はたいてい、平日の朝と、夕方から夜。休日は、朝から夜中まで小刻《こきざ》みに百以上同じＩＰアドレスが並んでいたわ」

ＩＰアドレスというのはパソコンの識別《しきべつ》ナンバーのことだって、ブログを持ってる友達に教えてもらったことがある。まったく同じＩＰアドレスが、朝から夜の間に二十個並んでいたことがあって、こんなに何度も見に来るなんて、ストーカーみたいで怖いって、話してた。それが一日に百以上あったら、あきらかに異常だ。

「はじめは、誰かにじっと見られているようで気味《きみ》が悪かったわ。もうなごむくんはいないのだし、ページを解約しようと思った。

でも――、もしかしたらこの来訪者は、なごむくんのホームページだと知っていて、毎日見に来るんじゃないか……って考えて、ハッとしたの。

試しに、ブログのトップに『心中相手を募集《ぼしゆう》します』と表示して、なごむくんが残したスケジュール帳を、一部貼《は》り付けたら、その日から急にアクセスが一桁《ひとけた》に戻ったわ。それを見て、確信したの。この来訪者はなにかを知ってる。それで、なごむくんが死んだあとも、様子を見に来ていたんだって」

メモの中に、『HP知られた』と書き込みがあったことを、わたしも思い出す。

来訪者は、松本くんのホームページを知る人物ではないかと、朱里さんも考えたのだ。

そうして、毎日、メモを少しずつ貼り付けていった。

「ブログの更新を続けるうちに、またじわじわとアクセスが伸びていったわ。訪問の時間帯も前と同じだった。もし、画面の向こうにいる相手が、なごむくんの死に関わっているとしたら、わたしがこの先なにをブログに貼りつけるのか、気になってたまらなくなって、わたしに接近してくるかもしれない。そう思ったのよ」

『どうしても納得《なっとく》がいかなくて……連絡を、待っているの。向こうから、わたしが気になって、気になって、たまらなくなって、近づいてくるのを……』

朱里さんがわたしの背中にすがりついて、掠《かす》れた声で、つぶやいた言葉。

朱里さんが待っていたのは、〝好きな人〟じゃなかった。

だって、松本くんは、すでに雛沢さんと亡くなっていた。

そのことが、どうしても受け入れられなかった朱里さんは、謎《なぞ》の来訪者の接触を、画面のこちら側で、息を殺して待ちわびていたのだ。

その人物なら、朱里さんの納得できる〝真実〟を、説明してくれるかもしれないから。

ああ、だからわたしと巣鴨《すがも》ではじめて待ち合わせたときも、朱里さんはメールではなく、ブログのコメント欄《らん》で、やりとりをしたんだ。

『当日は、ｎａｎｏちゃんと心中について語りたいと思います』

あんな書き込みをして――画面を見ている誰かを、刺激したんだ。

わたしは、巣鴨の高岩寺《こうがんじ》の木陰からこちらを見ていた眼鏡《めがね》の男の子が誰なのか、もうわかっていた。

今、彼は眼鏡をかけていない。それは床の上でひしゃげ、割れている。そうして、顔を伏せ、犬のようにうずくまり、震えている。

けど彼が――三上くんが、あのとき木の後ろに立っていた男の子で、朱里さんが待っていた来訪者だったんだ！

朱里さんの目論見《もくろみ》どおり、彼はあのとき、わたしたちをうかがっていたのだ。

わたしがそのことを、朱里さんに教えてしまった。眼鏡をかけた学級委員長のような男の子が、こちらを見ていたと。

それで朱里さんは、彼の正体に気づいたのだろう。

　そのあと朱里さんがとった行動に、背筋がぞくっと震えた。

　わたしはただ朱里さんの彼氏が会いに来たのだと思い、考えなしにそれを口にしただけだったのに、事実はもっと拗《ねじ》くれ、底なしの闇《やみ》のようだった。

　三上くんの体に食い込むほどに巻かれた鎖は、結び目が固くて、ほどけない。

　がたがた震える三上くんを、すさんだ目で見たあと、朱里さんはその目を、心葉先輩へ向けた。

「わたしが知りたいことを、彼の代わりにあなたが教えてくれるのね、井上くん」

「はい」

　心葉先輩がためらいもなく、うなずく。朱里さんの顔が、怒りと哀しみと、痛みに、大きくゆがむ。

「ならば答えてっ！　どうして、なごむくんは雛沢さんと死んだの？　なごむくんに、なにがあったの？」

「それをお話しする前に、尋ねます。朱里さん、あなたは本当に、松本くんの死の理由《わけ》を、知りたいと思いますか？　ぼくが語る内容は、あなたにとって優しいものではありません。それでも知りたいですか？　ぼくの想像する〝真実〟を、あなたは聞く覚悟がありますか？」

　心の奥に、まっすぐ切り込んでゆくような眼差《まなざ》しだった。問いかける口調にも、体の芯《しん》が冷たくなるほどの厳《きび》しさがこもっている。

朱里さんが唾《つば》を飲む。

恐怖に耐えるように唇を噛んだあと、青ざめた顔で言った。

「ええ、教えて」


「では、鋏をテーブルに置いてください」

朱里さんは目にためらいを浮かべたあと、それをテーブルの上に載《の》せた。かたりと冷たい音が、わたしの耳に響く。

その音に、心葉先輩の声が続く。

「松本くんと雛沢さんの事件は、近松《ちかまつ》の『曾根崎心中《そねざきしんじゅう》』を思わせるものでした。醤油屋《しょうゆや》の手代《てだい》の徳兵衛《とくべえ》と遊女《ゆうじょ》のお初《はつ》は、手に手をとって死へ向かいます。身分制度が固定化した狭い社会の中で、追いつめられた二人には、それ以外結ばれる道はなかった。では、松本くんを追いつめたものは、なんだったのか？」

手がかじかむほど冷たい部屋の中に、張りつめた声が、流れてゆく。

一体心葉先輩は、なにを話すつもりなの？

「松本くんは当時、素行《そこう》の悪い生徒たちに、理不尽《りふじん》な扱いを受けていました。松本くんは口べたで気弱な少年で、一人きりで彼らに立ち向かうことができませんでした」

朱里さんが手をぎゅっと握りしめ、顔をゆがめる。松本くんがどんな扱いを受けていたのかを考えると、体が抉《えぐ》られるような気持ちなのだろう。

「彼らにとって、退屈《たいくつ》をまぎらわす相手は誰でもよかった。では何故、松本くんが目をつけられたのか？　ある人物が、ささやいたからです。『松本なごむには、美人の彼女がいる』と――それは、三上くんだと、リーダーの瀬尾《せお》くんは話していました」

――三上が、松本に美人の彼女がいるなんて、言いやがったから。

三上くんが、びくっと肩を震わせ、朱里さんが凍りつく。

心葉先輩は憂《うれ》いのにじむ声で、言葉を繋いだ。

「おそらく、瀬尾くんたちは、松本くんに、彼女を連れてこいと命じたのでしょう。松本くんが彼らに会わせたのは、雛沢幸《さち》さんでした。

松本くんは、朱里さんと雛沢さん、二股《ふたまた》かけていたのでしょうか？　それとも雛沢さんに、朱里さんの身代わりを頼んだのでしょうか？」

朱里さんの瞳に渇望《かつぼう》するような光が浮かぶ。眉《まゆ》を下げ、息をつめ、心葉先輩の言葉に聞き入っている。

「雛沢さんは、誘われれば誰にでもついてゆく女の子と評判でした。

また松本くんは、朱里さんを瀬尾くんたちに紹介するわけには、絶対にいかなかった。二人の関係は、互いの手を握ることをためらうほど純粋なものでした。けど世間はそうは思わない。松本くんとのことがバレたら、朱里さんは非難にさらされ、職を失うでしょう。松本くんは、それをなにより恐れたはずです。だから、瀬尾くんたちの興味を朱里さんからそらすためのカムフラージュとして、雛沢さんとつきあいはじめた――。

それがぼくの、想像です」

鋭く断言し、朱里さんをじっと見つめる。心葉先輩の顔は固くこわばり、険しい。

「そうした松本くんの行為は、いくら雛沢さんの承諾《しょうだく》があったとしても、ぼくは納得できません。彼女を守るために、別の女の子を身代わりにするなんて――。

ただもしこの想像が当たっているなら、松本くんの朱里さんに対する気持ちは、変わらず誠実だったことになります。多分それが、あなたにとって一番受け入れやすい〝真実〟でしょう。けど、それだけなら、松本くんと雛沢さんは、あんな結末を迎えることはなかったんです」

希望を浮かべかけた朱里さんの顔に、それと正反対の怯えが広がる。

わたしもいつの間にか、手のひらに汗をかいていた。

「この先を、知りたいですか？」

心葉先輩が、いたわるような、哀しそうな目で、問いかける。

朱里さんが肩を震わす。

「あなたを、さらに傷つける内容かもしれない。それでも知りたいですか？」

怯えきった瞳が、頼りなげに揺れる。

「……全部、聞かせて」

掠れた声でつぶやくのを聞いて、心葉先輩は一瞬儚《はかな》い表情を浮かべ、またすぐ顔を引きしめ、口を開いた。

「松本くんと雛沢さんの心中は、徳兵衛とお初のように愛し愛された結果ではありませんでした。そこには、どうにもならない不幸な巡り合わせと、罠《わな》と絶望、大きな嘘《うそ》と、わずかな真実があったと、ぼくは想像しています。二人は偽《いつわ》りの恋人でした。しかし、はじまりはそうでも、松本くんは雛沢さんに惹《ひ》かれていったんです」

朱里さんの顔が、ゆがむ。

わたしも胸をいきなり切りつけられた気分だった。松本くんが雛沢さんに惹かれた？

心葉先輩が、きっぱり言う。

「松本くんは、浮気をしたんです」

「！」

「二人はお似合いの恋人同士に見えたと、クラスの女の子が言っていました。彼女は、雛沢さんが松本くんの髪を撫《な》で、キスをするのを見たそうです。そのとき雛沢さんは、とても優しい顔をしていたそうです。松本くんにとって、年上で美人の朱里さんは、女神のようにまぶしい存在だったでしょう。反面、自分は不釣《ふ》り合《あ》いではないかと自信を持てずにいたのではないでしょうか。逆に雛沢さんは同級生で、男の子とのつきあいにも慣れていました。おとなしい松本くんには、身近で安心できる相手だったんです」

——大丈夫だよ、幸がいるよ。

一度も聞いたことのない雛沢さんの声が、このとき、わたしの耳の奥で聞こえたような気がした。

写真で見た、ふんわりした可愛《かわい》らしい女の子の、あどけない、甘い声……。

もしわたしが松本くんの立場なら、自分のために瀬尾くんたちのところへ行ってくれた雛沢さんに、やっぱり惹かれてしまったかもしれない。そう思ったら、胃が引き絞られるように痛くなった。

多分、朱里さんも感じている。

松本くんは、浮気をしたと。

目をうるませ、紅色の唇を噛んで震える彼女は、きっと、わたしのわずかな痛みなんて比べようがないほどの苦しみを、今、味わっている。

「松本くんが、あなたを避《さ》けていたのも、廊下《ろうか》で声をかけたとき、『話しかけないでほしい』と泣きそうな顔で頼んだのも、瀬尾くんたちに本当のことがバレるのを恐れる以上に、あなたを裏切《うらぎ》った罪悪感《ざいあくかん》から目をあわせることができなかったのでしょう」

もう、やめて！　心葉先輩。それ以上朱里さんを傷つけて、どうするの？

松本くんは死んでしまったのに。

松本くんが朱里さんを守るために、仕方なく雛沢さんとつきあったんでいいじゃない。それで朱里さんは救われる。なのに、松本くんが本当に浮気していたなんて——。

「あなたに秘密を持ち、松本くんは、ますます身動きがとれなくなってしまった。そして、それだけでは終わらなかった。彼にさらに不幸が襲《おそ》いかかったんです」

朱里さんは真っ青で、今にも崩《くず》れそうだ。

心葉先輩は、厳しい眼差しを、そらさない。

まるで、あの江戸時代の戯作者《げさくしゃ》のように——彼が恋人たちの苦悩を見据え、燃え上がる情念の世界に踏《ふ》み込《こ》み、その痛みを、嘆《なげ》きを、叫びを、その結末を、肌で感じ、血の筆で書き留めようとしたように——怖いほどの力で、見据え、問いかける。

「あなたは、まだ知りたいですか？」

「教えてっ」

朱里さんが、振り絞るような声で叫んだ。

クーラーの吹き出し口の羽が、上下にスイングする。静まり返った部屋にモーターの唸る音だけが、聞こえたあと――。

心葉先輩は、苦《にが》い表情で言った。

「松本くんは――朱里さんを裏切る行為を、雛沢さんとしました。その結果、妊娠《にんしん》二ヶ月目だと、雛沢さんに打ち明けられたんです」

「！」

朱里さんが、叫びをこらえるように両手を口にあてる。

わたしも息が止まるほど驚《おどろ》いた。

妊娠⁉　雛沢さんが！

「松本くんの残したメモに、『4／5　30万円　2ヶ月』と、ありました。他は10000円、20000円なのに、この日だけずいぶん額が大きい。細かい額は、おそらく瀬尾くんたちに巻き上げられた分でしょう。では30万は？瀬尾くんは松本くんに『何万も要求したことはなかった』と、断言していません。それに『2ヶ月』とはどういう意味か？

『曾根崎心中』の徳兵衛は、主人が用立てた支度金《したくきん》を、七日までに返済しなければなりませんでしたね。『2ヶ月』は返済期限なのか？　けれど松本くんはこの日付の一週間後に命を絶っています。期限はまだ先のはずなのに、おかしい。ひょっとしたら

『2ヶ月』は妊娠の期間ではないか？　そうすると30万は堕胎《だたい》に必要な費用だと推測できます。雛沢さんは、それを払ってくれるよう、松本くんに迫ったんです」

　朱里さんは顔をこわばらせたまま、黙っている。

　わたしも、頭の中でいろんなことが渦巻《うずま》いていた。松本くんが雛沢さんと無理心中したのは、お金が用意できなかったから？　絶望して雛沢さんを道連れにしたの？　でも待ってっ、おかしくない？　そんなこと佐々木さんが用意してくれた資料のどこにもなかった。司法解剖もされてるはずなのに。

「雛沢さんは、妊娠なんか、してないわ！」

　朱里さんがハッとして、わたしを見る。

　心葉先輩が厳しい目でうなずく。

「そう、亡くなった雛沢さんは、妊娠していなかった。そんな事実はなかった。そしてそのことが松本くんを死へ追いやり、あの日彼は一人きりで死んだんです」

　朱里さんが、今度は心葉先輩のほうへ驚きの視線を向ける。わたしも混乱しながら、心葉先輩の言葉を聞いた。

「松本くんが何故、自分の体だけロープで木に縛《しば》りつけたのか、疑問に思っていました。彼の手首には、赤いハンカチが二重に巻きつけてあり、その端《はし》が、雛沢さんのリボンと結ばれていた。何故最初から一枚のハンカチで二人の手首を結ばなかったのでしょう？

それは、松本くんが亡くなったあと、二人の手首を繋いだ人物がいたからです」

心葉先輩の表情がどんどんこわばり、視線も険しくなる。

「『曾根崎心中』に、九平次《くへいじ》という男が登場します。徳兵衛の友人でありながら裏切り、徳兵衛とお初の心中の最後の引き金となった、重要な悪役です。

九平次がいなければ、心中は起こらなかったかもしれない。

松本くんの事件の裏にも、九平次がいました。

彼は松本くんたちの死を、心中に見せかけようとしたのです。けれど、松本くんの手首のハンカチをほどこうとしたら、結び目が固くてほどけなかった。焦《あせ》るあまり、雛沢さんのリボンを抜き取り、それを雛沢さんの手首に結び、その先をハンカチと結んだのではないでしょうか？　では、彼は、誰か？」

ガチャン！　という音に、わたしはぎょっとして横を見た。

体を固く拘束《こうそく》され、床にうずくまっていた三上くんが、足首の手錠《てじょう》をガチャガチャ鳴らしながら、顔を床にすりつけ、震えていた。ガムテープで巻かれた手をぎゅっと組み、広い肩を、がたがたがたがた揺らして――。

そこに、心葉先輩の声が、静かにかぶさる。

「――三上くん。きみが九平次だね？」

「違う……っ！」

三上くんが、顔を床に押しつけたまま、くぐもった声で唸る。それはまるで、地の底から響く死者の悲鳴のようだった。震えがさらに大きくなり、鎖が床をこすり、手錠がカチャカチャと鳴る。

「でもきみは、松本くんのホームページを知っていた。何故きみは、日に百回もホームページをのぞいたの？　松本くんの死後まで、そんなに彼を気にしていたの？　何故今、そんなに震えているの？」

手錠を繋いでいるサイドボードがきしきしと音を立て、中に並べられたグラスやティーセットも、小さな地震が来たように揺れている。

「三上くん、きみは前に雛沢幸さんとつきあっていたそうだね？」

びくっと、肩が跳《は》ねた。

「瀬尾くんたちは、きみが雛沢さんをとられた腹いせに、松本くんに自分たちをけしかけたと言っていたよ」

三上くんが体を起こす。青ざめ、やつれ、憎しみにゆがんだ顔で、訴えた。

「っ……そんなことっ、あるはずないっ！　幸なんて、誰とでも寝る軽い女で、あいつのせいで、おれは瀬尾たちにっ」

心葉先輩が、透明な眼差しで問う。

「きみも瀬尾くんたちに、お金をせびられて、便利に使われていたんだね？」

「……っっ」

三上くんは、ひどく痛そうに、悔《くや》しそうに、唇を噛んだ。

「きみは、松本くんを自分の身代わりにしたんだね」

ガチャン！　と、三上くんの足で、手錠が鳴る。

朱里さんも、衝撃《しょうげき》を受けたように目を見開いた。

そんな中、心葉先輩は深く澄んだ眼差しと哀しそうな声色で、続きを語った。

「きみは松本くんの彼女のことを瀬尾くんたちに話し、松本くんへ興味を向けさせた。それは成功し、瀬尾くんたちは暇《ひま》つぶしのターゲットを、きみから松本くんに替えた。本来なら、きみはそれ以上、松本くんと関わる必要はなかったはずだ。後ろめたさを感じながら、目を閉じ、背中を向け、知らないふりをすることもできたはずだ。けど、きみの中には、暗い衝動《しょうどう》がうごめいていた」

三上くんは、小刻みに体を震わせている。瞳孔《どうこう》が開き、唇が乾いて、ひび割れている。体から酸《す》っぱい匂いがする。

「何故、九平次が徳兵衛を陥《おとしい》れたのか？　それは『曾根崎心中』を見た多くの人が疑問を持つ部分だろう。徳兵衛に金を借り、証文まで渡しながら、期日になっても返さない。証文を見せると、盗まれた印鑑《いんかん》で署名されたものだと騒《さわ》いで、徳兵衛をなぶりものにした。さらに、お初の店へうかれて現れ、徳兵衛を貶《おとし》める発言をする。

九平次の言動は、悪意に満ち、不条理《ふじょうり》だ。

九平次と徳兵衛は、これまで友達だったはずじゃないか？　なのに何故九平次はそんなことをしたのか？　近松は、劇中で一切語らない。

だから、九平次の行動の理由をお家騒動と絡《から》めてみたり、九平次がお初に片想いしている設定にしてみたり、多くの改変が試みられた。けど――」

心葉先輩が、凛と告げる。

「九平次の圧倒的な不条理さこそが、『曾根崎心中』の、やるせなさに繋がっているんじゃないか？　現実は常に不条理で残酷《ざんこく》だ。真面目《まじめ》に生きていても、通り雨みたいな災《わざわ》いに遭《あ》うこともある。世界が真っ黒な悪意に満ち、牙《きば》をむいて襲いかかってくることも――。そこに理由なんて、ひとつもない。

だからこそ観客は、徳兵衛とお初のどうにもならない運命に身悶《みもだ》え、涙するんだ。

九平次とは、不条理で不安定な世界の象徴だと、ぼくは考える！　人の心は絶え間なく揺れ動き、ある日突然、闇に染められることがあると」

うなだれる三上くんに、静かな声が――容赦《ようしゃ》のない声が、問いかける。

「三上くん、きみもそうだったんじゃないか？　ぼくはきみが、松本くんの本当の彼女を知っていたと、想像する」

三上くんが、ぱっと顎《あご》を振りあげる。ゆがんだ顔に、驚きと痛みが浮かんでいる。

「何故ならきみは、松本くんがホームページを持っていたことを、知っていたから。それは、きみが巣鴨に現れたことからも明らかだ」

三上くんが首を横に振る。体に巻かれた鎖が、じゃりじゃりと鳴る。

「きみが真実を話せないのなら、ぼくはこのまま想像を語るだけだ。きみがどうやってホームページの存在を知ったのか、はっきりとはわからない。

きみと松本くんはクラスメイトで、たまに話すこともあったろうから、そのときに松本くんが、うっかりヒントになることを口にしたのかもしれない。そこから松本くんのページに辿《たど》り着《つ》いたのかもしれない。

それとも、松本くんが気を許して、きみにだけ教えたのかもしれない。徳兵衛が九平次に、簡単にお金を貸してしまったように――。

いいや、それ以前に、きみは松本くんが保健室の先生とむつまじく寄《よ》り添《そ》う様子を、見てしまったのかもしれない。

二人の間に、男女の恋情があることを感じたんじゃないか。それが、きみが松本くんに接近した理由だったんじゃ。

今、ぼくが語ったことは、すべて勝手な想像だ。けど、きみが松本くんの本当の彼女について知っていたのは確かだ。朱里さんの存在を知りながら、瀬尾くんたちに『松本には美人の彼女がいる』と、ささやいたのも――。

雛沢さんは可愛らしいけど、美人ってタイプじゃないし、普通、以前自分がつきあっていた彼女のことを他人に伝えるとき、そんな風には言わない！」

三上くんが顔を下に向け、無言で首を横に振る。何度も、何度も。

そのたび、鎖が鳴る。

心葉先輩は話すのをやめなかった。さらに、三上くんを追い込む。

「きみは、松本くんが保健室の先生と恋人関係にあることを知ったとき、憎らしかったんじゃないか？　自分は素行の悪い生徒に目をつけられて、苦しんでいる。なのに目立たない松本くんが、年上の美人の先生とつきあっている。きみの目に、二人はとても満たされて幸せそうに見えた。

瀬尾くんたちに、松本くんの彼女のことを吹き込んだのは、自分と同じ目にあわせてやりたいという暗い欲求が混じっていたんじゃないか？」

紫色になった唇を噛みしめ、三上くんが唸る。それは嗚咽《おえつ》を押しとどめているように聞こえた。

「松本くんが瀬尾くんたちにお金をせびられて、こき使われるようになっても、きみの気持ちはおさまらなかった。黙って耐えている松本くんを見て、罪悪感も重なり、余計に苦々しい、嫌な気持ちになったんじゃないか？　そういう暗い感情はキリがないんだ。

きみは松本くんを、今よりもっと追いつめて不幸にすることで、気持ちを晴らそうとした。松本くんはきみより弱い。なのに綺麗《きれい》な恋人がいる。やり場のない怒りをぶつけるには、最適だった」

「……っく」

三上くんが額《ひたい》を、床にすりつける。

心葉先輩が、厳しい声で告げる。

「きみは、彼女を紹介しろと言われて困っている松本くんに、自分の彼女を——雛沢幸さんを近づけて、誘惑《ゆうわく》させたんだ」

「——！」

三上くんの体が、びくっと大きく跳ねる。

朱里さんとわたしも、息をのんで固まった。

誘惑させた？

三上くんが？　松本くんを？

心葉先輩がなにを言っているのか、理解できなかった。

だって、いくら自分が苦しんでいるからって、無関係のクラスメイトに、そこまでの悪意を向けられるものなの？

けれど、三上くんは石のように沈黙し、反論をしない。

「松本くんと雛沢さんの関係は、決して偽りだけではなかった。二人の間には情も生まれていた。それでも、雛沢さんの接近は、タイミングがよすぎた──。

何故雛沢さんは、松本くんに妊娠したと嘘をついたのか？　お金がほしかったから？

それで気の弱い松本くんを騙《だま》そうとしたのか？　雛沢さんの独断で？」

心葉先輩の口調は、ますます激しくなってゆく。普段と別人のようだ。

「クラスの子たちの話では、雛沢さんは軽はずみなところはあっても、自分から悪巧《わるだく》みのできる女の子には感じられなかった。むしろ単純で──すぐに他人を信じて、尽くしてしまう子なんじゃないかと思ったよ。

三上くん、雛沢さんは、きみが与えた役割を演じる人形だったんじゃないか？

黒子《くろこ》のきみが、後ろで彼女を操《あやつ》っていたんじゃ。

雛沢さんに妊娠したと嘘をつかせ、松本くんに堕胎のための大金を要求させた。もうきみは、自分で自分を止められなくなっていたんだ」

三上くんが、震える。心葉先輩はふっと黙り、やるせない目になった。

「……松本くんは、じゅうぶんに追いつめられていた。けれど彼は、一人で死ぬのは怖くて苦しいと、ずっと思っていたから、死ねなかったんだ。

なのに何故、あんな結果になったのか。それは、松本くんが一番恐れていたことを、きみが言ったからじゃないか？」

伏せた三上くんの口元から、苦しそうな息づかいが聞こえてくる。緊張が極限《きょくげん》まで高まって、わたしも喉《のど》が苦しくなる。心葉先輩が静かにつぶやいた。

「お金を払わなかったら、朱里さんとの関係をみんなにバラす……きみは、そう脅《おど》したんだ。九平次が徳兵衛を追いつめたように。それが、『HP知られた』とメモにあった、あの日だった」

4／5　30万円　2ヶ月

4／7　HP知られた

4／8　彼女

4／9　ロープ・ハンカチ・ナイフ

4／10　捜し物

4／11　捜し物　全然足りない

4／12　捜し物　タイムリミット
4／13　メール、8時雑木林

ブログにアップされたメモが頭の中を駆け抜け、背筋が震えた。

心葉先輩の言葉が、ばらばらの断片を、ひとつに繫げる。

どんな気持ちで松本くんは、あのメモを書いたのか。どんな気持ちで、ロープやナイフを用意したのか。

「松本くんは、きみに秘密の恋人の名前を告げられたとき、世界が崩れてゆくような気がしたんじゃないか。自分だけが破滅するならまだいい。朱里さんを巻き込むわけにはいかない。お金を払っても、きみは朱里さんのことを誰かに話してしまうかもしれない。それが瀬尾くんたちだったら――彼らに朱里さんのことがバレたら、もっとひどいことになる――。雛沢さんときみが、共謀《きょうぼう》していたことがわかってしまったこともショックだったろう。気の弱い松本くんには、とても耐えられなかった……」

もう、おしまいだ。

松本くんの恐怖が、叫びが、胸に迫ってくる。目の前が真っ暗になるような、絶望。
朱里さんも青ざめたまま、硬直している。

怖いっ。

期日が迫っている。

どうしよう、怖い。

おしまいだ。

三上くんが激しく震え出す。カチャカチャと手錠を鳴らし、床に顔をすりつける。
「苦悩と葛藤《かっとう》のはてに、松本くんは闇に捕らわれた。他に方法があったはずなのに、追いつめられた彼には、なにも考えられなかった。彼が出した結論は、死ぬことだった」
朱里さんが、自分の体をぎゅっと抱きしめる。肌に爪を立てるように、強く。
語り続ける心葉先輩の表情も、暗く張りつめている。

「そんな風にして、四月十三日のあの日、松本くんは計画を実行し、亡くなった。もう一度言う。あれは、心中じゃなかった」

　心葉先輩が貫くような強い眼差しで、三上くんを見おろす。

「三上くん、きみは松本くんが死んだあの日、雛沢さんと二人であの場所へ行ったね。松本くんに話があるとメールで呼び出されて、午後八時に」

　三上くんが床に押しつけた顔を、横にぐりぐりと振る。全身の震えはますます激しくなり、サイドボードの扉も、揺れている。

「そこできみたちは、喉から血を流して死んでいる松本くんを見つけてしまった」

　冷たい闇に溶けるように立つ、相生《あいおい》の木。

　どこからか流れてくる、甘い香り。

　ロープで体をしっかりと縛りつけ、木にもたれて息絶えている少年――。首から流れる赤い血――。

　そんな光景が浮かび、鳥肌が立った。

　ごんっ！

　と音がし、床が鳴った。

　三上くんが、頭を叩《たた》きつけたのだ。

「！」

心葉先輩が息をのむ。わたしも朱里さんも目を見開いて、三上くんを見つめた。

「……な、なごむが、死ぬなんて……っ、思わなかったんだっ」

手錠をカチャカチャと鳴らして震えながら、耐えきれなくなったように、三上くんが嗚咽する。

「っ……！　瀬尾たちに、部屋をホテル代わりに使われたり、テストの答えを見せろって言われたりっ……断ると、殴《なぐ》られて……っ、どうして、おればっかりこんな目にあうんだと思ってたっ。なごむのこと、苦しめるつもりじゃなかった……っ。う、嘘じゃない……っ、だって、おれは、ずっと、なごむと友達になりたかったからっ。

なごむは、あの学校の連中と、全然違っていて……おとなしくて、綺麗で……なごむなら、おれの気持ちをわかってくれるんじゃないかって、勝手に、そう思って……っ」

涙で声が何度も掠れる。それでもしゃくり上げ、肩をびくびく震わせ、床に濡《ぬ》れた顔をすりつけながら思いを吐《は》き出《だ》す。

こんなに後悔して哀しんでいる人を見るのは、はじめてだった。声を聞いているだけで、胸がちぎれそうになる。

「あ、あの日も、なごむと話をしたくて……保健室へ、行ったんだ。そうしたら、なごむが……先生と、ノートパソコンを見ながら話していてっっ。

なごむが、あんな風に笑っているの……み、見たことなくて……っ、先生も、頬を染めて、すごく優しい顔で……っっ、二人で、観音様《かんのんさま》の像を見に行こうって、約束してたっ……たくさん、観音様がいるお寺なんだって……っ。

それ見てたら——腹が立って……っ、どうして、なごむだけ、こんなに幸せそうなんだって……っ。なんだか……う、裏切られたような気がして……っ、なごむだけが、支えだったから……っ。

だから、なごむのこと、おれと同じように、不幸にしてやろうって……瀬尾たちに、話したんだ……っ。松本なごむの彼女は、すごい美人なんだってっ！」

三上くんが、すすり泣く。

心葉先輩が想像したとおり、三上くんは松本くんに暗い感情を抱いていた。

けど、それだけじゃなかった。

本当は松本くんに好意を持っていて、友達になりたかったのだ。

そのことが、わたしの胸をますます締めつけた。

「あの日——保健室へ行かなかったらっっ——なごむと先生が、二人で笑っているのを、見なかったら——。そうしたら、あんな——あんな、なにもかも、めちゃくちゃにしてぶち壊してやりたいなんて気持ちに、ならなかったのに——なごむに、あんなこと、しなかったのにっっ！」

三上くんの叫びが、部屋の中に響き渡る。

皮膚《ひふ》がひりひりし、足元から寒気が這《は》い上《あ》がってくる。

他人に対して腹が立って仕方がなかったことは、わたしもある。

先生に贔屓《ひいき》されている女の子をずるいと思ったことも、仲良しの友達が他の子と内緒話《ないしょばなし》をしているのを見て、もやもやしたことも。

けど、こんな爆発的な――憎悪《ぞうお》に似た感情を抱いたことはない。誰かを破滅《はめつ》させてやりたいなんて――。

三上くんは、どこで間違えてしまったんだろう。

朱里さんは目を見開いたまま、愕然《がくぜん》としている。

「っく、どうして、死んだりするんだっ！　幸が妊娠したなんて、嘘だったのに――金なんて、一円もいらなかったのに――ただ、なごむが困ればいいって、思っただけで――なのに、なごむが苦しんでいると――ますます胸が痛くなって、頭が熱くなって、なごむをいじめている連中が許せなくて――ブチ殺してやりたくて――なのにもっとなごむが苦しめばいいって――まったく、逆のことを考えて――もう止められなくて――なんで、死ぬんだ！　あんな、メールを寄こして――なんで！」

三上くんが頭を床にがんがんと叩きつけはじめたので、わたしはぎょっとした。

「やめて、三上くん！」

額が割れ、血がこぼれてくる。

それでも床に頭を叩きつけようとする三上くんを、後ろから抱きかかえ、必死に引き戻す。

「――幸がっ！　悪いんだっっ！　あの女さえ、いなかったら！」

血で染まった顔をゆがめ、三上くんが狂ったように叫ぶ。

そういえば、雛沢さんは、どうして死んだんだろう。

松本くんが一人きりで自殺したのなら、雛沢さんは？

松本くんの後を追ったの？

ううん、雛沢さんの死は、事故だ。だったらその前になにがあったの？　何故三上くんは、松本くんの手首と雛沢さんの手首を繋いだの？　二人の死を心中と見せかけなければならなかったの？

三上くんの狂乱に、その答えがあるような気がして、背筋が冷たくなった。

心葉先輩が険しい声で言う。

「雛沢さんを死なせたのは、きみだね、三上くん」

わたしが押さえている三上くんの体が、びくっと跳ね、そのまま動かなくなる。

血が流れ落ち、どす黒く腫れ上《あ》がった顔は、涙と鼻水でぐちゃぐちゃで、苦悩にゆがんでいた。

憔悴《しょうすい》しきった声で、三上くんがつぶやく。

「……幸が——携帯で、救急車を呼ぼうとして……もう、死んでるからやめろって止めて……なのに、興奮して、言うことをきかないから——カッとなって……」

ぽとぽとと床に落ちる涙は、血を含んで赤かった。

「もともと……幸がおれにまとわりついて……彼女面《かのじょづら》してたから……瀬尾たちに、絡まれるようになったのに……。おまえ、幸とつきあってるなら、オレたちの兄弟みたいなもんだろ、金貸せよ……みたいに……。

だから……全部、幸が悪いんだって……。ちょっと数学のノートを貸してやっただけなのに、べたべたしてきて……おれのこと、宿題を片づけてくれる便利なやつくらいにしか思ってなかったくせに、おれの人生を、めちゃくちゃにして……」

三上くんの瞳孔が、どんどん開いてゆく。

事件があった夜の情景を思い出しているのだろうか。つぶやく声に、胸を絞るような苦しみが増してゆく。

「幸は泣きそうな顔で、『違う』『違うよ』って……繰《く》り返《かえ》してた……それも、なんでおまえが被害者みたいな哀しそうな顔してるんだって、腹が立って……」

三上くんの目に、痛みがぱっと走った。

「おれはっっ、『死ねっ！』って言ったんだ！　幸に——『おまえ、死ねよ』って！

『おれの前から消えて、なくなれ』って！

それで、突き飛ばしたら——幸が人形みたいに、倒れていって——本当に、いきなり重さがなくなったみたいに……ふわっと倒れていって……後ろの木が、裂けて、尖《とが》っているのが見えて……慌《あわ》てて、幸の手をつかんで——引き戻そうとしたら……」

わたしは自分も震えながら、三上くんの冷たい背中にしがみついた。三上くんが、絶望の声を上げる。

「幸は——幸は——にっこり笑って——おれの手をっ、振り払ったっ！」

三上くんが受けた衝撃が、震える背中を通して、わたしにも伝わってくる。

子供のように無邪気《むじゃき》に微笑む、少女。

離れてゆく手と手。

そして、彼女の体は落ちてゆき、鋭い木が彼女の首筋を切り裂いたのだ。

吹き上がる血と、動かない体。

三上くんにとって、悪夢のような光景だっただろう。

雛沢さんは、手を振り払ったらそうなるとわかっていて、やったのだろうか？

『違う』

『違うよ』

三上くんに向かって訴《うった》えた言葉には、どんな意味があったのだろう。

わたしは悪くない、という意味の『違うよ』？　それとも、『あなたのこと、本当に好きだったんだよ』という意味の『違うよ』？

わたしは、雛沢さんと会ったことはない。

だから、想像するしかないのだけど――。

もし、雛沢さんが三上くんに協力して、松本くんと関係を持った理由が、三上くんへの愛情からだとしたら、切なすぎるように思った。そんな風にしか、好きな人への気持ちを証《あか》すことができなかったことが……。

そして、三上くんの手を振り払った行為そのものが、『死ね』という彼の言葉に対する、雛沢さんの心中立てなのだとしたら。

喉をのけぞらせ、激しく嗚咽する三上くんに、心葉先輩が前と同じ質問をする。

「雛沢さんが死んでしまったので、きみは雛沢さんと松本くんが心中したように見せかけようとしたんだね」

三上くんが、がくりとうなだれ、小さくうなずく。

「雛沢さんの手首に制服のリボンを結んで、松本くんが手首に巻いていた赤いハンカチと繋いだのも、きみだね」

また、うなずく。

心葉先輩は哀しみのこもる眼差しで、三上くんを見ていた。

心葉先輩は今、なにを思っているのだろう。

表情から、厳しさや険しさがすっかり消え、はじめて校庭で姿を見たときのように、儚く見える。

三上くんが、ぽたぽたと血の色の涙をこぼしながらつぶやいた。

「……幸となごむの手を繋いだあと、携帯に、なごむからメールが届いていた」

そこには、こう書いてあったという。

『彼女のことは、誰にも話さないでください。お金はないので、ぼくの命で支払います。それと、幸に優しくしてあげてください』

朱里さんの唇が震える。

松本くんは、大事な人を庇《かば》って死んだ。

自分の命で、秘密を封印した。

そうして死ぬ間際まで、他の人のことを気遣《きづか》っていた。気は弱いけれど、とても優しい男の子だったのだ。

「これが、心中事件の真相です」

　黙ったまま涙を流す朱里さんに、心葉先輩が、少女のように儚い風情で伝える。

「松本くんは心中ではなく、自殺でした。追いつめられた松本くんは、あなたを守るために一人で死ぬことを選んだんです。だから手首に赤いハンカチを巻きながら、その先は、どこにも結ばなかったのでしょう」

　朱里さんは、なにかつぶやこうとして、唇を動かし、声をつまらせた。

　白い顔に、哀しみがあふれている。

　松本くんが手首に巻いた赤いハンカチは、朱里さんへの愛情の証《あかし》だったんじゃないか。

　朱里さんは醤油屋のお嬢ではなく、お初だった。

　けど、徳兵衛はお初を置いて、一人で死んでしまったんだ。

　ようやく、朱里さんが言葉を発した。

「ありがとう、井上くん。わたしに本当のことを教えてくれて」

　涙に濡れた顔で、小さく微笑む。

「これで、なごむくんのところへ、行けるわ」

六章　サヨナラの前に繰り返す言葉

心葉先輩《このはせんぱい》が、顔をこわばらせる。

わたしも、どきりとした。

朱里《あかり》さんは夢遊病者のように頼りない足どりでソファーに近づくと、そこに置いてあった鞄《かばん》を開けて、中から眼鏡《めがね》を出した。

震える手で顔にかけ、さらに赤い巾着《きんちゃく》を出す。それが、うどん屋さんで見た巾着だとわかって、ぞっとした。

あのとき、お薬ですか？　と尋《たず》ねるわたしに、朱里さんは微笑《ほほえ》みながら言ったのだ。

『ええ、心中《しんじゅう》のときに使う薬よ。たいして強い薬じゃないから、ひとつでは死ねないかもしれない。けど、ふたつなら？　みっつなら？　きっとぜーんぶ飲んだら、二人で天国へ行けるわ』

わたしは叫んだ。

「朱里さん、なにをしているの！　ダメ……っ、ダメだよ！」

朱里さんが巾着から薄い紙に包んだ薬を、ひとつ取り出す。それを開けようとするのを見て、わたしは三上《みかみ》くんから離れ、朱里さんに飛びついた。

「はなして、菜乃《なの》ちゃん」

もがく朱里さんの手から、薬の包みと巾着を取り上げ、放り投げる。

巾着の中身がこぼれ、大量の包みが床にばらまかれる。

心葉先輩も駆け寄る。床に落ちた包み紙を踏《ふ》みつけ、転びそうになり、焦《あせ》って体勢を立て直す。

「邪魔《じゃま》しないでっ」

朱里さんは、わたしの手を振り払うと、テーブルに突進して鋏《はさみ》をつかみ、ぎらぎら光る刃を大きく開いた。

「やめて！　朱里さん！」

腕にしっかりしがみつくと、朱里さんが肘《ひじ》でわたしを押し返した。

「お願い、菜乃ちゃん。死なせて」

鋏で自分の喉《のど》を切《き》り裂《さ》こうとする。わたしは、鋏を持つ腕を思いきり引っ張った。目の前で銀色の刃が、がちん！　と鋭い音を立てて閉じる。切っ先が、朱里さんの髪《かみ》を一房切り落とし、濡《ぬ》れたように黒い毛が、ぱらぱらこぼれ落ちる。

　わたしはぞっとした。

「朱里さん、正気に戻ってください！」

「わたしは正気よ！」

　朱里さんが、わたしを突き飛ばす。

「日坂《ひのさか》さん！」

　心葉先輩が叫ぶ。わたしは机の端《はし》に後頭部を思いきりぶつけ、床に尻餅《しりもち》をついていた。目の裏に、お星様が舞う。

　心葉先輩がわたしを助け起こす。

「大丈夫？　日坂さん？」

「は、はい。それよりも——」

　朱里さんは部屋の隅《すみ》に移動し、耳の下に鋏を押し当て、眼鏡の向こうから哀しそうな目で、わたしたちを見ていた。

「……ゴメンね。菜乃ちゃん」

　小さな声でつぶやく。

「朱里さん、あなたが死んでも、松本《まつもと》くんは生き返りませんよ」

　心葉先輩が険《けわ》しい顔で言う。

朱里さんは、心葉先輩のほうを見て、ふっ……と微笑んだ。

こんな場面に似つかわしくない、やわらかな笑みだった。

心葉先輩の頰《ほお》が引きつり、目に驚《おどろ》きが浮かぶ。

「わかってるわ……。だから、わたしがなごむくんのところへ行くの」

なにもかも受け入れて、覚悟を決めてしまっている人の、澄んだ笑み。

おだやかな声――。

心葉先輩の横顔に、動揺《どうよう》が広がる。

「朱里さ――」

呼びかけようとする心葉先輩の声を遮《さえぎ》り、朱里さんが続ける。

「わたしね……なごむくんが死んだってわかったとき、すぐに後を追いたかったの……。

なごむくんのいない世界になんて、生きていたくなかった……。

でも……なごむくんが、雛沢《ひなざわ》さんと心中したって聞いて……怖くて……。

わたしは、なごむくんにとって、本当はいらない人間だったんじゃないかって……。

わたしがなごむくんのいる場所へ行ったら、そこではなごむくんと雛沢さんが仲良く愛しあっていて、なごむくんはわたしを迷惑《めいわく》に思うんじゃないかって……。

そう考えたら……とっても、怖かった……」

黒い瞳に涙がにじんでゆく。淡々と語る声は、胸を引き裂かれそうな切なさに満ちている。
恋人と不釣《ふつ》り合《あ》いなことに悩んでいたのは、松本くんだけじゃなかった。
朱里さんも、同じだった。
本当に自分でいいのか？　松本くんにとって、自分は必要な人間なのか？
松本くんは心が弱っていて、年上の女性に救いを求めているだけなんじゃないか？
自分はそれにつけこんで、松本くんを縛《しば》りつけているんじゃないか？
いつか彼は、同じ年頃の女の子を選んで、自分から離れていくんじゃないか。
自分は醤油屋《しょうゆや》のお嬢《じょう》になって、取り残されるんじゃないか——。

『菜乃ちゃんにとって、ハッピーエンドってどんなもの？』

『ずーっとずーっと、二人の気持ちは変わらないままいられるかしら？』

『二人にとって一番幸せなときに一緒《いっしょ》に死ぬのが、きっと最高のハッピーエンドだわ』

幸せでたまらない今この瞬間、二人で手首を結んで旅立つことができたら——。
そうしたら、もう不安な思いも、哀しい思いもしなくてすむ。

松本くんと同じように、きっと朱里さんも夢見ていたのだ。

自分の心の中にあるありったけの愛情を、お互いに見せあい、証《あか》しあう、至福の瞬間を――。

永遠なんてない。

そんなこと、本当はみんな知っている。だから永遠を願うのだ。終わらせてしまうことにより、変わらない永遠を得ようと望むのだ。

徳兵衛《とくべえ》も、お初《はつ》も、そうやって永遠になった。

『でも……怖い。わたしは必要ないって言われたら』

わたしの背中で、すすり泣いていた朱里さんを思い出し、胸が押《お》し潰《つぶ》されそうになる。

朱里さんの至福も永遠も、松本くんの死によって失われてしまった。

朱里さんが、わたしたちを見つめ、淡く微笑む。

じゃきっ、と音がして、髪が床に落ちる。

わたしたちは同時に息をのんだ。

朱里さんは微笑んだまま、髪を切り落としてゆく。濡れたように艶《つや》やかな黒髪が――綺麗《きれい》な髪が――女の命の髪が――、蛇《へび》のようにうねり、床に広がってゆく。

「なごむくんは……手首に赤いハンカチを巻いて、わたしに証《あかし》を立ててくれたの……わたしに迷惑をかけないように、一人で死んだの……。わたしのせいで脅《おど》されて、ひどい目にあったのに……。なごむくんは優しくて臆病《おくびょう》な子だから、きっと苦しくて……怖くて……たまらなかったはずよ……。なのに……わたしに、証を残してくれたわ……」

じゃきっ、

じゃきっ、

と、二枚の刃が髪を挟《はさ》み、切断する。

「朱里さん！　やめるんだ！」

歩み寄ろうとする心葉先輩に、晴れやかに言う。

「井上《いのうえ》くん、あなたが、なごむくんの心を証してくれたおかげで、わたしはなんの不安もなく、なごむくんのところへ行けるわ。向こうで、なごむくんに謝《あやま》らなくちゃ。一人で死なせてごめんね、怖かったでしょうって」

「！」

心葉先輩が顔一杯に、驚きを浮かべる。

自分の語った〝想像〟が、朱里さんに死を決断させたことに、愕然《がくぜん》としているのだろう。みるみる青ざめ、瞳に焦りと後悔がにじむ。唇を動かし、なにか言おうとするが、声にならないみたいだった。

いくら大人びて見えても、心葉先輩だってわたしたちと同じ、ただの高校生なのだ。

こんなこと言われたら、どうしていいのかわからず、立ちすくんでしまうのは当然だ。

でもこのままじゃ、朱里さんは鋏で首を切り裂き、死んでしまう。

そのとき、がたん！　と音がし、重たいサイドボードが揺れた。

体を縮《ちぢ》めて弱々しくすすり泣いていた三上くんが、足に繋《つな》がれた鎖《くさり》をガチャガチャ鳴らして、前へ進もうとしている。

そうしながら、血と涙で汚れた顔を朱里さんのほうへ向け、声を振り絞り、訴《うった》える。

「し、死なないでください……っ、先生……っ、すみません、すみませんでした。どうか、やめて、やめてください……」

それは、罪を犯した三上くんの、血を吐《は》くような懇願《こんがん》だった。

すでに二人の人間が亡くなっている。もう誰《だれ》にも死んでほしくないと、三上くんは思ったのだろう。顎《あご》を床にすりつけ、前へ進もうとする彼の目には、切羽《せっぱ》つまった光があり、手錠《てじょう》を繋ぐ足首は腫《は》れ上《あ》がり、血がにじんでいた。

朱里さんの手が止まり、気弱な目で三上くんを見つめる。

喉が震え、頭の中が熱くなり、わたしは叫んだ。

「朱里さんは、まだ死んじゃダメですっ！　だって――だって、朱里さんはやり残したことがあるんですからっっっ！」

朱里さんがわたしのほうを見る。

「やり残したこと……？」

わたしは朱里さんのほうへ一歩、歩み寄った。

心葉先輩がハッとして、わたしを見つめる。わたしの無謀《むぼう》さに、心の底から驚いている様子で——。

「そうです！」

また一歩、わたしは歩み寄る。目をはなしたらその瞬間、朱里さんが鋏を喉に突き立てそうな気がして、しっかりと睨《にら》みつけたまま、断言する。

「朱里さんは、じゅうぶんに生きることをしていません！」

なにを言われたのか、朱里さんはわからなかっただろう。濡れた瞳が困惑に揺れる。

わたしは全身が震える思いで、また一歩進む。

「生きるのが苦しいから、楽な方法で死のうなんて——そんなの人生なめてます！　一人きりでさっさと死んじゃった松本くんも、勝手すぎです！　どうして朱里さんが謝らなきゃいけないんですか！　松本くんも、徳兵衛とお初も、簡単に死にすぎですっ」

朱里さんが夢見るように語った、死によって永遠に結ばれる恋人たちに、わたしは惹《ひ》かれた。

好きな人と一緒なら死ぬのも怖くない。幸せに思える。

そんな恋もあるのかなって、胸が震えた。

けど、目の前で今、死のうとしている人を相手に、それがあなたにとっての幸せだなんて、納得《なっとく》して見送ることなんかできない！

どんなに余計なお世話でも、部外者の勝手な言い分でも、生きなきゃダメだ、生きてほしいと、喉が嗄《か》れるまで叫ぶ！　噛《かじ》りついてでも止める！

朱里さんは、年下のわたしに叱《しか》りつけられて混乱しているのだろう。目を見開いたまま震えている。

「観音様《かんのんさま》の像がたくさんあるお寺で、朱里さん、教えてくれましたよね？　『曾根崎心中《そねざきしんじゅう》』には、近松《ちかまつ》の脚本を改変したものもあるって。

そっちでは、醤油屋の主人は徳兵衛を心配しているいい人で、九平次《くへいじ》の嘘《うそ》もバレて、徳兵衛の無実が、みんなに証明されるんですよね。朱里さんは、そんなの都合《つごう》のいい嘘みたいで好きじゃないって言いましたけど、でも、でも――もしかしたら、そっちが本当の『曾根崎心中』だったかもしれないじゃないですかっっっ！」

どんなに無茶苦茶《むちゃくちゃ》でもいい。わたしは伝えたい。あなたに生きて欲しいと願う人間がいることを。

「徳兵衛とお初は、心中する必要なんかなかったのかもしれない。死ぬのをやめて帰ってきたら、みんなが心配して迎えてくれたかもしれない。もう一度世界を見渡してみたら、案外広々としていて生きやすかったかもしれないじゃないですか！　もしそうじゃなかったら——。やっぱり、人も世界も二人にとって優しくなかったら、——それでも、生きてさえいたら、とんでもない大逆転だってあったかもしれない！」

　喉がつまり、咳《せ》き込《こ》んでしまう。

　心葉先輩が、まるで天地がひっくり返りでもしたみたいな顔で、わたしを見ている。

　朱里さんが目に涙を浮かべて、哀しげに言った。

「でも……菜乃ちゃん。近松の物語をどんなに改変しても——醬油屋の主人がどんなにいい人でも——徳兵衛とお初は、心中してしまうのよ……それはもう……神様にも変えられない運命なの……」

　胸が締めつけられる。

　神様にも、変えられない恋。

　心葉先輩は、わたしはまだ恋を知らないと言った。魂《たましい》と魂が呼びあうような、説明のつかない狂おしい想いを。

　だから想像する、精一杯、想像する。

　朱里さんの恋を——朱里さんの哀しみを——。一人で先に逝《い》ってしまった松本くんのもとへ行きたいと願う朱里さんを、どうしたら止められるのか。

　泣いてしまわないように、喉に込み上げる苦《にが》い塊《かたまり》を飲み込み、訴える。

「それがどうしたんですか！　近松だって、自分の書いた物語のせいで心中とか自殺とかされたら、大迷惑です！　そんなことのために、『曾根崎心中』は書かれたんじゃありませんっ！　わたしは〝文学少女〟の見習いで、『曾根崎心中』を、皮の破れた鉄鍋《てつなべ》餃子《ぎょうざ》に喩《たと》えてしまうような半人前です。近松の文学論なんて、語れません。けど！」

心葉先輩が目を大きく見開く。

茫然《ぼうぜん》とする朱里さんに、わたしは強い口調で言った。

「わたしは、近松が心中を認めているようには思えない。近松が、死を美しく純粋なものだと考えていたなら、心中の場面が、あんなに痛くて苦しそうなはずない！」

暗い夜、曾根崎の森へ向かう二人の道行きは、胸が締めつけられるほど切なく美しい。

涙を誘う名文と言われている。

『此《こ》の世のなごり。夜もなごり。死にに行く身をたとふればあだしが原の道の霜《しも》。一足づゝに消えて行く。夢の夢こそ哀れなれ』

道を急ぐ二人の耳に、今生《こんじょう》で聞く最後の鐘《かね》の音が、寂しげに鳴り渡る。

空を見上げれば、雲は無心に流れ、水の音も無心に響いてくる。

北斗七星は冴《さ》えざえと輝き、水面《みなも》に影を映している。

その川の流れを、徳兵衛とお初は天の川に見立てて、夫婦星《めおとぼし》のようにいつまでも寄《よ》り添《そ》おうと、泣きながら誓《ちか》い合《あ》うのだ。

美しい恋。純な想い。

心が重なり合う、至福の時。

なのに、二人の死は、決して穏やかなものじゃなかった。

「早く殺して」

とせがむお初に、徳兵衛は脇差《わきざし》を抜いていっきに突こうとするけれど、手が震えて切っ先がさだまらず、あちらへそれ、こちらへそれ、刃がひらめく。

ようやくお初の喉笛に突き刺さり、徳兵衛は念仏を唱えながらえぐり続ける。お初はしだいに弱ってゆくけれど、まだ死ねない。両手を伸ばし、断末魔《だんまつま》の四苦八苦を味わう。

「徳兵衛は、お初の喉を脇差で、えぐって、えぐって、えぐって――自分の喉も剃刀《かみそり》で刃が砕《くだ》けそうなほど、ぐりぐりぐりぐり、えぐって、えぐって、えぐり通して、さんざん苦しんで――やっと死んでいくんです。

それがどんな痛みか想像してみてください！　命を断つことは、こんなに辛《つら》くて、苦しいんです！　簡単になんか死ねないんです！　人が死ぬことが、簡単だったり、美しかったり、甘やかだったりしたら、いけないんです！　だから近松は、破れた餃子みたいに、生々しい――痛い――苦しい――死を書いたんじゃないですか？

死ぬのはこんなに苦しいから、死んじゃダメだって――生きなきゃいけないって、お芝居《しばい》を観た人たちにも、教えたかったんじゃないですか？」

『曾根崎心中』は、実際に起こった事件をもとにして、書かれた。

情死《じょうし》を遂《と》げた二人の心の中に、近松は深く深く踏み込んでいった。亡くなった恋人たちを哀れに感じただろう。共感だってしたかもしれない。

でも、それだけじゃきっとない！　美しいだけの心中物語を、近松は書かなかった。

死の苦しみも、痛みも、残酷《ざんこく》さも、克明に描ききった。

「近松が今この場にいたら、きっと朱里さんに、生きろって言います！　生きろ、生きなきゃダメだ、生きろ、生きろ、生きろって――」

朱里さんは、叱られた子供みたいな目で、わたしを見ている。

わたしは朱里さんのすぐ前まで、辿《たど》り着《つ》いていた。

ざんばら髪に眼鏡の朱里さんが、びくっと身をすくめる。鋏を握《にぎ》る指に、力がこもる。

わたしは朱里さんのほうへ、両手を伸ばした。

後ろで息をのむ気配がしたのは、心葉先輩だろうか。それとも三上くん？

「徳兵衛とお初が心中する運命だったなんて、わたしは認めない。運命も乗り越えられるのが本当の恋じゃないですか？　たとえ追放されても、別の人に身請《みう》けされても、生き続けていたら、再会できたかもしれない。はなれていても、自分も相手も、変わらない気持ちで想い続けていたら、あんな方法で、心を証しあうことなんてなかった！　徳兵衛とお初は、優しくない世界に負けたのかもしれないけど、自分たちの心にも負けたんです！」

朱里さんは茫然と――ただ茫然としていた。

わたしは朱里さんの手を、強く握った。

「わたしはハッピーエンドを信じてる。運命がどんなに苦難を用意しても、あきらめずに乗り越えて、二人はいつまでも幸せに暮らしました――そんな風に終わる物語もあるって」

生きていれば、必ず変化は訪れる。

心葉先輩が、そうわたしに教えた。

月並みな言葉だけど、それは真実だって。変わらないものなんてないって。

だから、闇《やみ》の道行きはいつまでも続かない！　次の朝が必ず訪れる！

鋏を握りしめる朱里さんの手は、氷みたいに冷え切っていた。わたしの手の中で、ぴくりと震える。わたしを見つめる目が、うるんでゆく。

わたしは、そっとささやいた。

「ねぇ、徳兵衛とお初の恋は悲劇に終わったけど、わたしが想像する朱里さんの未来は、ハッピーエンドだよ。だから朱里さんは、信じて生きてみよう。

生きて、生きて、じゅうぶん生きて、それでおばあさんになってから、あの世で、松本くんに会って、うんと文句《もんく》を言ってやるの。どうして、一人で先に死んじゃったの、わたしのこと、信じられなかったのって」

朱里さんの眉《まゆ》が、どんどん下がる。凍《こご》える指がぬくもり、花びらのように開いてゆく。

「でも、でも――菜乃ちゃん」

朱里さんが、頼りなげにわたしを見つめ、うるんだ声で言う。

「なごむくんが死ぬ前、わたしのアパートに、いきなり訪ねてきたの。そんなことはじめてで……きっとあのとき、なごむくんは、お別れの挨拶《あいさつ》に来てくれたんだわ。とても心細そうで、寂しそうで、震えてた。

カモミールティーを淹《い》れてあげて、話を聞こうとしたら、なごむくんはがたがた震えて、泣き出してしまって……。あのときから、なごむくんは、おかしかったの。

わたし、どうしたの？　辛いことがあったのなら、あなたには、わたしがいるわ。あなたが生きるのが苦しいのなら、わたしが一緒に死んであげる。わたしたちは、心中をする約束だったでしょうって、言ってあげたわ。

けど、なごむくんは、ますます泣いて、カモミールティーのカップを倒してしまったのよ。わたしのカップも倒れて、スカートにカモミールティーがかかったわ。

なごむくんは、わたしの膝《ひざ》にすがりついて、何度も謝って、あんまり顔を押しつけたものだから、眼鏡のフレームがゆがんでしまって、それをテーブルに置き忘れたまま、帰ってしまった。

あのとき、わたしがなごむくんの話を、もっと聞いてあげていたら、なごむくんは一人で死なずにすんだかもしれない。わたしに、一緒に死んでほしいって、言ってくれたかもしれない……。今、なごむくんは、ひとりぼっちで泣いているような気がするのよ」

朱里さんの頬から、また涙がこぼれ落ちる。

そのとき、心葉先輩の声がした。

「それは違います。松本くんは、朱里さんに一緒に死んでほしいとは、言わなかったはずです」

床にばらまかれた薬の包みを避《よ》けながら、心葉先輩が静かな表情で、歩いてくる。

「何故《なぜ》なら松本くんは、あなたに生きてほしいと願っていたから」

朱里さんが、震える眼差《まなざ》しを心葉先輩のほうへ向ける。

「どうして……そんなこと、わかるの」

心葉先輩は立ち止まると、ほろ苦い笑みを浮かべた。

「ぼくが先ほど語った〝想像〟は、未熟で言葉足らずでした。肝心《かんじん》な部分が抜けていた……。これから、それをあなたに伝えたいと思います。信じるか信じないかは、あなたの自由です。近松は、嘘と真実の間《はざま》を切り取り、物語にしました。ぼくがこれから語る内容も、そんなものなのかもしれませんから」

朱里さんは無防備な表情で、心葉先輩を見つめている。

心葉先輩は、なにを伝えるつもりなのだろう。

わたしも、朱里さんの手を握りしめたまま、心葉先輩の声に耳を傾《かたむ》けた。

「松本くんは、あなたを残して一人で亡くなりました。けど最初、彼はあなたを道連れにしようとしていたんです。そのことが、今のあなたのお話を聞いていて、わかりました。松本くんがあなたのアパートを訪れたのは、四月八日ですね？　横に、〝彼女〟と書いてありました。あれはあなたのことだったんですね？」

「……ええ。でも、なごむくんは、一緒に死んでほしいなんて、一言も……」

「それは、松本くんが雛沢さんと浮気をしたからです。彼はそのことを、あなたに告げたくなかった。あなたに負《お》い目《め》を感じていて、一緒に死んでほしいとは言い出せなかったのでしょう」

やはり雛沢さんのことを言われるのは、辛いのだろう。朱里さんが目を伏せる。

「松本くんは、あなたに気づかれないように、殺害する方法を選んだんです。あなたが持ち歩いていた巾着から薬を抜き取り、カモミールティーに入れて、飲ませようとした」

「！」

朱里さんが顔を上げる。

わたしも驚いていた。松本くんが、朱里さんを殺そうとしていたなんて——。

「薬はひとつでは死ねない。それであなたを眠らせて、その間に苦しませずに殺そうと思ったのです。けれど、松本くんは、あなたを連れてゆきませんでした」

朱里さんが混乱している表情で、問いかける。

「どうして……？」

「あなたが、苦しんでいる松本くんに、普段と変わらず優しかったからです。

ご自分も彼に避けられていて、不安でしかたがなかったのに、彼を責めなかった。泣き出す彼に、一緒に死ぬと言ってくれた。松本くんには、あなたが観世音菩薩《かんぜおんぼさつ》の化身《けしん》のように見えたでしょう。そんなに優しいあなたを、連れていってはいけないと思ったんです。だから、カモミールティーのカップをわざと倒して、あなたの膝にすがって、すみませんと泣いたんです」

「そんなことって……でも……あのとき、なごむくんは……」

朱里さんの顔に、ますます混乱が広がる、そのときの状況を思い返しているのだろう。目を見開いて茫然としている。信じられない、でも——。そんな葛藤《かっとう》を繰《く》り返《かえ》しながら。

わたしも想像する。

弱々しく泣きじゃくる松本くんをなぐさめる、朱里さんの優しい声。心を満たす甘い香り……。

大丈夫よ。

ねぇ、なにがあったの？

辛いことがあったの？　それならあなたには、わたしがいるわ。あなたが生きるのが苦しいのなら、わたしが一緒に死んであげる。

約束したでしょう。わたしたちは、いつか心中をするんだって。

松本くんは、どんな気持ちだったろう。自分の勝手な都合で殺そうとしていた恋人に、優しくなぐさめられて。

松本くんの哀しみを、松本くんの痛みを、松本くんの震えを想像し、胸がいっぱいになって、喉が熱くなる。

心葉先輩が続きを語る。

「松本くんは、繊細《せんさい》で心の弱い少年でした。生きるのが苦しくて、なのに死への恐怖も人の倍以上に感じていて、一人では死ぬことができず、心中してくれる相手を求めていました……」

二人で逝けるなら、きっと死も苦しくはない。

その日が来るのを待ちわび、朱里さんという同じ望みを持つ恋人に出会いながら、松本くんは一人で逝った。

「松本くんは、あなたに引け目を感じていたかもしれない。親身になってくれた雛沢さんに惹かれて、情を交《か》わしてしまったかもしれない。それもまた真実です。けれど、松本くんにとってのお初は、やはりあなただったんです、朱里さん。一人で死ぬことを恐れていた松本くんは、最後に勇気を持てたんです。彼はあなたを道連れにするのではなく、一人で責任をとることを選びました。それは本当は勇気でもなんでもなく、間違った選択だったかもしれません。けど、松本くんは、あなたに感謝し、あなたを愛し、あなたとの出会いを幸福に感じていたからこそ、あなたを連れてゆかなかったんです」

朱里さんが辛そうにうつむき、掠《かす》れた声でつぶやく。

「まだ……信じられない……でも、それが本当なら……なごむくんは、ひどい人だわ。わたしだって、毎日死にたいと思っていたけど、一人で死ぬのが怖かった……。なごむくんに会えて、やっと……いつ死んでもいいんだって、思えたのよ。なごむくんは、わたしの気持ちを、知っていたはずなのに……」

「そうですね」

心葉先輩がいたわるようにつぶやく。

「松本くんは、あなたの気持ちを誰よりもわかっていたでしょう。だから、あなたにメッセージを残しました」

「メッセージ……？」

朱里さんが顔を上げる。

心葉先輩が、静かにうなずく。

「なごむくんが、結んでいたハンカチのこと？」

「いいえ。ぼくの想像があっているなら、それは、あなたがいつも持ち歩いていたものの中にあります。そして、ここにも……」

心葉先輩がわたしたちのほうへ、右手をすっと差し出す。

握りしめていた指をひらくと、手のひらに薬の包みが載《の》っていた。踏みつけられ、ひしゃげている。

「この、薬が？」

朱里さんの目にも、声にも、戸惑《とまど》いがにじむ。

わたしも心葉先輩の意図がわからなかった。

「開けてみてください」

心葉先輩が、落ち着いた声で言う。

わたしは朱里さんから離れた。朱里さんがおずおずと包みに手をのばす。

指でつまみ、かさかさと密《ひそ》かな音を立て、薄い紙を開くと、白い粉がぱらりと落ちた。

「！」

朱里さんの目が、ゆっくりと見開かれる。

わたしも、薄い紙に包まれたものを見た。

それは、小指の先ほどもない、白い貝殻《かいがら》だった。

心葉先輩が踏みつけたときに割れてしまったのだろう。四つに砕けている。

「松本くんが残したメモに、〝捜し物〟とあります。『4／10　捜し物　4／11　捜し物、全然足りない。4／12　捜し物、タイムリミット』――捜し物とは、なんだったのか？　彼は死の間際に、なにを捜していたのか？

この包みを踏みつけたとき、なにかが壊れる感触がして、おかしいと思いました。中に入っているものが薬なら、あんな感触はしないんじゃないかって……。

それで考えているうちに、日坂さんから聞いた松本くんの誕生日の話を思い出して、もしかしたらと思ったんです。やっぱり、正解でした」

貝を見つめて震える朱里さんに、心葉先輩が静かに告げる。

「松本くんは、海へ行ったんです」

手のひらの貝を、朱里さんはうるんだ目で、じっと見つめている。

「あなたに自分の心中を——伝えるために、彼は一生懸命《いっしょうけんめい》に貝を集め、亡くなる前にこっそり保健室へ行って巾着の中身をすり替えたんです。その貝にどんな言葉が込められているのか、あなたならわかりますね？」

朱里さんの頰を、涙が伝い落ちる。

夕暮れに照らされて、静かに微笑む観音様の群れ。

そこで、朱里さんが語った松本くんとの思い出。

彼の誕生日に二人で海へ行ったこと。

『ただ浜辺を散歩しただけだったけれど、わたしたちの他に誰もいなくて、空が真っ青で、波の音だけが聞こえていたわ』

『二人で海を眺《なが》めているだけで、とてもおだやかで、安心して……あのとき、はじめて彼が、手をつないでくれたの』

朱里さんと松本くんが、一番幸せだった日。

その日の記憶が、朱里さんの脳裏に次々浮かんでいるのだろう。貝を見つめたまま、ほろほろと涙をこぼしている。

『指と指がほんの少しふれあうぐらいだったけど……嬉《うれ》しかった。そのまま彼が手を引いて、海に向かって歩き出しても、わたしはきっと最高に幸せな気持ちで、彼についていったわ……』

でも、そうはしなかった。

『……目に映っている景色が、あんまり綺麗で……二人でいつまでもいつまでも眺めていたい気持ちだった……』

きっと、松本くんと朱里さんは、このときはじめて思ったんだ。

生きたいと。

二人で、生きていたいと。

もしかしたら、生きていることは素敵《すてき》なことなんじゃないかって。二人でなら、死ぬことだけじゃなくて、生きることもできるんじゃないかって。

またこんなに美しい景色が、見られるんじゃないかって。

『帰り際に、浜辺に落ちていた貝を、彼の手のひらにのせてあげたの。

そうしたら、すごく嬉しそうに握りしめて、こう言ったのよ』

手のひらに、そっと置かれた小さな貝。

微笑む彼女。

そのときの二人の会話が、さざ波の音と一緒に聞こえてくる。

『不思議《ふしぎ》だな。この貝があれば、あと一年生きられるような気がする。生きたいなんて思ったこと、一度もなかったのに』

『じゃあ、来年の誕生日にも、貝をあげるわ。その次の誕生日も、また次の誕生日も』

『そうしたらぼくは死ねなくなるよ』

きっと、そのとき松本くんは、息が止まりそうなほど幸福な気持ちで、笑っていたんだろう。

朱里さんがくれた貝殻は、松本くんにとって、生きていることの幸せの象徴だったんだ。

次の誕生日も、その次の誕生日も、また次の誕生日も、こんな風に二人で笑いあいたい。

松本くんも、朱里さんも、そう願ったんじゃないか。

カシャン……と音がして、朱里さんが顔にかけていた眼鏡が床に落ちた。

朱里さんが膝をついて這《は》いつくばり、薬の包みを拾う。

薄い紙を開くと、中には薬の代わりに、小さな貝殻があった。

「！」

目をうるませ、唇を震わせ、夢中で包みを拾っては開けてゆく。

もどかしそうに震える指先、かさかさと鳴る薬包紙《やくほうし》。食い入るように、それを見つめる瞳。

どの包みにも、貝が入っている。

次の包みも、また次の包みも、そのまた次の包みも――。

開けても開けても、貝が出てくる！

朱里さんの周りが、広げた薬包紙と小さな貝殻で、いっぱいになる。

紙の端が、クーラーの風にあたって、震えている。

「なごむくん……っ」

全ての包みを開ききった朱里さんが、松本くんの名前を呼び、声をつまらせて、泣きじゃくる。

松本くんは、弱い人だった。

困難に立ち向かうことをせず、誘惑《ゆうわく》に溺《おぼ》れ、押し寄せる悪意と不条理《ふじょうり》に、唇を結び、体を縮めて耐え続け、とうとう耐えきれなくなり、死を選んだ。

けど心葉先輩が語ったように、松本くんは朱里さんを連れてゆくことはしなかった。

死への恐怖に震えながら、相生《あいおい》の木にロープで体を縛りつけ、ナイフで喉を突く痛みにのたうちながら、一人で逝った。

死の瞬間、松本くんが願ったこと。

それは、彼が必死に集めた貝殻に託したメッセージと、同じだったんじゃないか。

——ごめんなさい。ぼくは一人で逝くけれど、どうかあなたは生きてください。

ひとつの貝殻で一年、

ふたつの貝殻で二年、
たくさんの貝殻を薄い紙に包みながら、松本くんは何度も祈っただろう。

自分の死の知らせを聞いた彼女が巾着を開け、薬を飲んで後を追ったりしないように。

あの日、光り輝く海で、息が止まりそうなほどの幸せをくれた彼女が、幸福であるように。

白い貝殻が、内気で自信がなくて言葉少なだった松本くんの、精一杯の勇気を、想いを、その心中を——伝える。

——この貝殻の分だけ、生きてください。

——幸せになってください。

心中とは、想う相手に、証を立てること。

あなたをこんなに愛していますと、相手に伝えること。

松本くんは一人で逝ったけれど、最後の最後に、なにより確かな証を残したんだ。

薄い紙の上に透明なしずくをこぼしながら泣き続ける朱里さんを、わたしも、心葉先輩も、黙って見つめていた。

エピローグ　あなたは寂しそうに遠くを見ていた

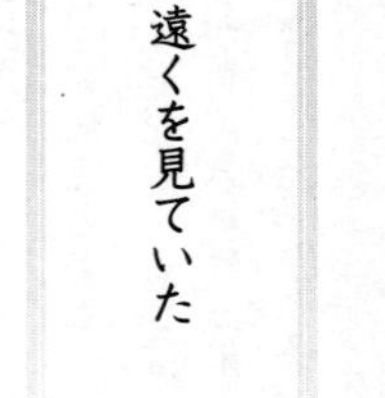

心葉先輩《このはせんぱい》と二人で三上《みかみ》くんのマンションを訪れてから、一週間になる。

三上くんの手当をしたあと、朱里《あかり》さんは三上くんと一緒《いっしょ》に、警察《けいさつ》に出頭《しゅっとう》した。

三上くんは、松本《まつもと》くんのことや雛沢《ひなざわ》さんのこと、それに瀬尾《せお》くんたちのたまり場に火をつけたのも、自分だと告白した。

松本くんが死んだあとも、瀬尾くんたちが前と変わらず過ごしているのが、許せなかったという。

そうやって、松本くんの死の責任を、雛沢さんや瀬尾くんたちに転嫁《てんか》しなければ、精神の均衡《きんこう》を保てないほど、三上くんもまた苦しんでいたのだ。

もしかしたら、松本くんが死んで一番辛《つら》かったのは、三上くんだったのかもしれない。

わたしと心葉先輩も、警察に呼ばれた。

わたしはあたふたして、なにを話したのかろくに覚えていない。

家族は、「菜乃《なの》が警察にっ！　一体なにをしたの！」「菜乃に、できるような犯罪があったのか！　無銭飲食《むせんいんしょく》か！　盗み食いか！」と、大騒《おおさわ》ぎだった。

あっさり解放されたのは、裏で麻貴《まき》先輩が手を回してくれたらしいと、心葉先輩が苦《にが》い顔で言っていた。

「あの人には、借りは作りたくなかったんだけど」

と。

昨日、朱里さんから、わたし宛《あて》に長い手紙が届いた。

そこには、松本くんとはじめて言葉を交《か》わしたときのことや、朱里さん自身のことが綴《つづ》られていた。

『なごむくんは、保健室へ薬をもらいに来るとき、いつも恥ずかしそうにうつむいていました。

ベッドで休んでいるときも、顔を見られないように布団《ふとん》の中に潜《もぐ》り込《こ》んで、体を小さく丸めていたの。

なごむくんは学校が苦手で、周囲の人たちになじめないようでした。

そんな内気ななごむくんが、わたしは気になってたまらなかった。だんだんと、なごむくんが保健室へやってくるのを、待ちわびるようになりました。

ある日、なごむくんがベッドの中で泣いているのを、聞いてしまったの。

どうしたの？　と尋《たず》ねると、ぼくはおかしいんだ、となごむくんは小さな声で答えました。そうして、自分以外の他人が怖いという悩みや、教室にいるとき息苦しくて、いつも死にたいと思っているということを、打ち明けてくれたの。

それを聞いて、わたしは胸がいっぱいになったわ。

だって、それは、わたしもずっと思っていたことだったから。


わたしは、子供の頃から、女の子に嫌われていました。

芦屋《あしや》さんは、男の子のほうが好きなんでしょうと言われて、お人形遊びやおままごとに交ぜてもらえず、お誕生会にも呼んでもらえなかったの。

中学になってからも、芦屋は二股《ふたまた》をかけているとか、男子に色目をつかっていると言われて、ろくに話したこともない人とつきあっていると噂《うわさ》されました。

女子に睨《にら》まれたり、わざとぶつかってこられたりして、転んだら、くすくす笑われて辛かった。けど泣いたら、男子に媚《こ》びている、あたしたちを悪者にしたと、ますます意地悪《いじわる》をされるので、なにも感じてないふりをして笑っていたわ。そうしたら、いい気になっているとか、バカにしていると、また悪口を言われてしまう。

男子からは、大きすぎる胸をじろじろ見られて、親切にしてくれる男の先輩や教師は、二人きりになると必ず迫ってきました。

拒《こば》むと、あいつには、やらせたんだろうとか、芦屋から誘ったくせにと、罵《ののし》られたわ。女の先生からも、香水をつけて学校へ来てはいけませんと決めつけられて、なにもつけてませんと言っても、嘘《うそ》をつくんじゃありませんって怒られた。

それは、高校生になっても、大学生になっても、ずっと変わりませんでした。

養護教諭《ようごきょうゆ》として働きはじめてからも、生徒とつきあっているとか、学年主任の先生と、保健室でいやらしいことをしていたと噂されて、気持ちが休まらなかった。

だから、わたしは、わたしと同じように苦しんでいるなごむくんに、告白せずにいられなかったの。

「わたしも同じよ。学校が好きじゃない。みんなからじろじろ見られたり、意地悪なことを言われるのが怖くて、学校が燃えてしまえば登校しなくてすむのにって、日曜の夜はいつも憂鬱《ゆううつ》になるの」

なごむくんは布団からおずおず顔を出して、はじめてまともにわたしを見てくれたわ。

わたしはきっと、そのとき泣きそうな顔をしていた。

なごむくんは驚《おどろ》いて、それからやっぱりわたしと同じように泣きそうな顔になったわ。

そうして、わたしとなごむくんは、はじめて〝怖くない相手〟に出会い、一人ではなく、二人になったの。

わたしは、なごむくんだけは怖くなかった。なごむくんの弱さは、そのままわたしの弱さで、死にたいというなごむくんの願いは、そのままわたしの願いだったから。

二人でどうやって死のうかって心中《しんじゆう》の計画を話しているときが、一番安らかで、幸福だったわ。


雛沢さんとなごむくんがつきあっていると聞いたとき、そんなことはありえない、なごむくんを信じようと思う反面、不安だった。

わたしはなごむくんと、あまりにも歳が離れていて、なごむくんが同じ年頃の女の子に惹《ひ》かれても、仕方がなかったから。

だから、雛沢さんが保健室に生理痛の薬をもらいに来たとき、冷たい態度をとってしまいました。

「生理は病気じゃないのよ。少しくらいの痛みは我慢《がまん》しなくちゃ。すぐに薬に頼るのはよくないわ」

雛沢さんは辛そうにおなかに手をあてて、顔をしかめていたのに、わたしはあれこれ理由をつけて、なかなか薬を出さなかったわ。

雛沢さんは、茶色に染めた髪《かみ》の先をくるんと巻いた、無邪気《むじやき》で可愛《かわい》らしい女の子で、それが余計に悔《くや》しかったの。

「あなた、ピアスをしているの？」

「うん、可愛いから」

「スカートも短すぎるわ」

「幸《さち》は、短いほうが似合うでしょ」

けろっとして答えるので、薬を渡すとき、コップの中に水と一緒に下剤を落としてやりたかったわ。

「シャンプーの香りもきつすぎない？」

「これ香水だよ。幸……臭いから」

そのときだけ急に暗い顔になって、

「小学生のとき、臭いから近寄るな、豚……って、男子に言われたんだ……」

と、つぶやいた。

そうして、すぐににっこり笑ったわ。

「先生はすぅぅごく、甘くていい香りがするねっ。いいなぁ」

わたしは、すぐに言葉が出なかった。

「幸ね、今、大好きな人がいるの。その人、幸に数学のノートを貸してくれたんだよ。

幸がお返しにエッチしようとしたら、そんなつもりで貸したんじゃないって、すごく怒られちゃった。そんな人、幸ははじめてだった。だから、幸はその人のためなら、なんでもできるんだ」

雛沢さんは、たっぷりのろけて帰っていったわ。

わたしと彼女が話をしたのは、それきり。

けど、その一度きりの会話で、わたしは雛沢幸という女の子を嫌うことはできなくなってしまいました。

幸……臭いから。

そうつぶやいた彼女の心の奥にある闇《やみ》を、かいま見てしまったように感じたから。

あのとき彼女ともっと深く話していたら、その後に起きた悲劇は避《さ》けられたかもしれない。

彼女が、もう一人のお初《はつ》であることがわかっていたら。

そしてわたしは、彼女が証《あかし》を立てた三上くんのことも、もう憎めません。

なごむくんが亡くなったあと、三上くんは携帯に、なごむくんへの気持ちをずっと綴っていたの。わたしは、それを見せてもらいました。三上くんが、なごむくんと友達になりたかったって、あのとき言ったことは、嘘じゃなかったわ。

もしかしたら、なごむくんと三上くんが親友になり、雛沢さんの愛情に三上くんが気づいて本当の恋人同士になって、わたしたち四人で、海へ出かけて楽しく過ごす——そんな未来もあったのかもしれません。

今さら、どうしようもないのだけど……。


なごむくんは自殺し、雛沢さんも亡くなってしまった。

そしてわたしも、三上くんを殺して自分も死んでしまうところだったわ。

菜乃ちゃんと井上《いのうえ》くんが、マンションに来てくれなかったら、きっとそうなっていた。

なごむくんに死なれて、おかしくなっていたわたしを正気に戻してくれたのは、菜乃ちゃんの言葉でした。

知り合ったばかりのわたしのことを心配して、理由も告げずにさよならを言ったわたしを、捜してくれた。

鋏《はさみ》を振り回すわたしに必死にしがみついて、死ぬことは簡単じゃない、生きなければいけないと、あんなに顔を真《ま》っ赤《か》にして、一生懸命《いっしょうけんめい》叫んでくれた。

菜乃ちゃんと知り合えてよかった。

わたしは、ずっと菜乃ちゃんみたいな女の子になりたかったの。

明るくて一生懸命で、思いやりがあって……菜乃ちゃんを見ているだけで、元気をもらえました。

高校生のとき、菜乃ちゃんと友達になりたかったわ。

図書館で会ったとき、菜乃ちゃんがなごむくんの名前を、わたしの名前だと勘違《かんちが》いしたのを、ずっと訂正しなかったのは、松本なごむという高校生の女の子になって、菜乃ちゃんと友達みたいに話をするのが、楽しかったからかもしれない。

なごむくんがわたしに残してくれた貝殻《かいがら》は、全部で五十個以上もありました。

わたしは今もそれを、震えるような思いで見つめます。

自分は死んでしまったのに、わたしにはこんなにたくさん生きろというなんて、なごむくんはひどい。菜乃ちゃんが言うように、弱虫で、自分勝手です。

雛沢さんと浮気をしたと知ったときも、嫉妬《しっと》で胸がちぎれそうだったわ。なごむくんをなじりたかった。

けど、それ以上に、わたしの胸に込み上げるのは、なごむくんへの愛《いと》おしさだった。

以前よりもっと、なごむくんを愛している。

三上くんはこの先、二人の人間を死なせてしまった罪を、一生背負っていかなければなりません。わたしは、できるかぎり三上くんの力になろうと思います。

そうして、わたしもまた、なごむくんを一人で死なせた痛みと後悔を抱きながら、生きてゆくわ。

昨日、学校に退職願いを出しました。世間はわたしを、生徒に手を出した養護教諭と非難するでしょう。

それでも、わたしは二度と死を望んだりしない。

お初と徳兵衛《とくべえ》が死んだのは、二人がハッピーエンドを信じていなかったからだと、菜乃ちゃんは言ったわね。

わたしも、なごむくんの気持ちを信じられなかった。

この幸せは、いつか終わりを迎えるときが来ると、怯《おび》えていたわ。だから一番幸福なときに命を絶って、二人の恋を永遠にしたかった。

でも、今は違う。

わたしは、永遠を信じるわ。

この恋が変わらずに続いてゆくと、わたし自身が証《あか》してみせる。

じゅうぶんに生きて、生きて、生き続けて、しわくちゃのおばあさんになって、そうしてなごむくんに会ったとき、言ってやるのよ。

わたしは、ずっとあなたを愛していたわって』

「ここにいたんですね、心葉先輩」

声をかけると、屋上《おくじょう》の鉄柵《てっさく》の前に立っていた心葉先輩が、振り返った。

「部室にいなかったんで、捜しちゃいました。いい天気ですねー。風も気持ちいいし」

「日坂《ひのさか》さん、なにか用？」

「えっと、その、緊急な用件というわけではないんですけれど、昨日、朱里さんから手紙が届いて、引っ越し先が決まったそうです。今のお部屋は、取材の人が押しかけてきて、大家さんに出てってくれって言われちゃったからって。あっ、でも、学校辞めちゃったし、新しい仕事を見つけなくちゃって、とっても前向きでした」

「そうか……警察の取り調べも終わってないし、まだまだ大変だと思うけど、本人が前向きなら、よかった」

静かな声で、つぶやく。

朱里さんの手紙も、おだやかだった。今朝、登校途中に返事の手紙をポストへ投函《とうかん》した。

『わたしは、ずっと朱里さんの友達だよ』

と書いて。

事件のことは、仲良しの子たちにも話さなかったけれど、瞳《ひとみ》ちゃんにだけは打ち明けた。瞳ちゃんは、わたしの話を聞きながら、

「どうして、あんたってそんなに無謀《むぼう》なの！　下手《へた》したら、あんたも監禁《かんきん》されて、刺さ

れてたんだよ」

　と怒っていた。

　それはわたしのことを心配しているからだとわかっていたので、うんうんと聞いておいた。そしたら、じろりと睨まれて、

「全然コリてないでしょ。他人のことに首を突っ込みすぎると、次こそ痛い目にあうからね」

　と忠告された。

「でも瞳ちゃんになにかあったら、わたしはどこにいても駆けつけるよ」

　笑って断言すると、

「あんたに助けてもらうほど、落ちぶれてない」

　と背中を向けてしまった。

　瞳ちゃん、やっぱりクールだ。

　でも、わたしは本当にそう思っている。

　瞳ちゃんだけじゃなくて、家族や友達や、わたしの大事な人たちが困っていたら、全力で走っていって力になりたいって。

　ここへ来る前、部室の近くで、琴吹《ことぶき》さんに会った。

琴吹さんは、わたしを見てハッとし、それから話しかけたそうにもじもじしていた。頬《ほお》を染め唇《くちびる》を尖《とが》らせて、視線をそらしたり戻したりして、口の中でなにか言いかけたけれど、わたしと目があうと、すぐにまたうつむいて唇を噛《か》み、走っていってしまった。

もしかしたら、わたしを叩《たた》いたことを謝《あやま》りたかったのかもしれない……。

べそをかいているようなしかめっ面に、胸がきゅっと締めつけられた。

——どうしたら好きな人のこと、あきらめるなんて言えるのか、わかりません。

あのとき、わたしが口にした言葉は、琴吹さんの耳にどんな風に響いたのだろう。

胸がちくちくするほど、後悔でいっぱいになった。

朱里さんと松本くん、三上くんと雛沢さんの事件を経《へ》て、哀しい恋や残酷《ざんこく》な恋もあるのだと知った。

途中で断ち切られてしまう恋も、それでも忘れられない恋も、あきらめなければならない恋も——いろんな恋があるのだと。

「本当に、いい天気ですね！　空も真っ青です」

手すりを両手で握《にぎ》り、背伸びしながら顔を上へ向ける。目に染みるような、あざやかな青空が広がっている。

「心葉先輩、屋上へはよく来るんですか？」

「そうでもない。今日は、たまたまそういう気分だっただけだよ」

どこかほろ苦い顔で、心葉先輩が答える。

わたしたちはそのまま並んで景色を見ていた。青々とした葉を茂らせた桜の木も、校門も、パノラマみたいに小さく見える。

「朱里さんのことで力を貸してくださって、ありがとうございました。心葉先輩があの場にいてくれなかったら、朱里さんを止められませんでした」

遠くを見つめていた心葉先輩が、うつむいてつぶやく。

「一人じゃどうにもならなかったのは……ぼくのほうだ。

思いつくままに事件の真相を語って、それを聞いた朱里さんがどんな気持ちになるのかまで、想像しきれなかった……。きみが説得してくれなかったら、朱里さんはあのまま死んでいたかもしれない……」

横顔に憂《うれ》いがにじんでいる。朱里さんが松本くんのあとを追おうとしたことに責任を感じて、今も落ち込んでいるみたいだった。

「でも、朱里さんは、生きています」

「……そうだね」

うつむいたまま、答える。
寂しそうな横顔に、胸がしめつけられた。
心葉先輩が、独り言みたいに言葉を続ける。
「きみが朱里さんに向かって、近松《ちかまつ》は心中を認めてなんかいない、そんなことのために
この物語を書いたんじゃないって叫んだとき……一年前のあの屋上に、戻ったみたいだ
った」
「屋上……？」
って、ここのこと？　この場所で、一年前の初夏に、なにかあったの？
「あのとき……きみが……重なって見えて……全然……似てないのに……結局、ぼくは
今も……あの人に……頼っているんだろうか」
声がくぐもってよく聞こえない。耳をすますわたしのほうへ、心葉先輩が顔を向ける。
目があった瞬間、動揺《どうよう》したように肩を震わせ、すぐにまたうつむいた。
そのままひどく苦しそうな表情で、口を閉じてしまう。
涼しい風が、心葉先輩の前髪を揺らした。
わたしの髪も、さやさや揺れる。
空は青くて、降り注《ふそそ》ぐ光も明るくて――大好きな人と二人でいるのに、胸が痛い。
心葉先輩が辛そうだから――寂しそうだから、切なくて苦しくて、たまらなくなる。

わたしはつぶやいた。

「……心葉先輩、前に……ぼくのことなんか、好きにならないほうがいいって……言いましたよね。好きになっても、無駄《むだ》だからって」

心葉先輩は下を見たまま黙っている。

「でも、やっぱりわたしは、心葉先輩が大好きです」

どうしようもなく一人の相手に向かってしまうやっかいな想いに、終着はあるのだろうか。

この恋の証を、わたしはいつか手に入れることができるのだろうか。

わからない。

けど今は、あきらめるなんてできない。

心葉先輩がわたしを見てくれなくても、遠い場所にいる別の人を想っていても、わたしは心葉先輩が好き。

心葉先輩の表情は、前髪に隠れてよく見えない。少しだけ唇を噛んだようだった。

「ぼくは嫌いだ」

「え」

息をのむわたしのほうへ、心葉先輩がゆっくりと顔を上げる。

そうして、怒っているような、苛立《いらだ》っているような目で――見据《みす》えた。

「日坂菜乃さん、ぼくはきみが、大嫌いだ」

ある日の美羽

「コノハに新入生の女がまとわりついてるって、どういうこと？　なんであたしに言わないのよ、一詩《かずし》！」

放課後、紅茶のプリンを持ってやってきた芥川《あくたがわ》一詩に、あたしは詰め寄った。

先月から一人暮らしをしているマンションへ、この男は毎日のように現れる。

困っていることはないか？　ドアや水道が壊れてはいないか？　電化製品の使い方はわかるか？　買い出しに荷物持ちが必要なんじゃないか？　新聞の勧誘《かんゆう》は断れるか？

真面目《まじめ》な顔で、細々《こまごま》尋《たず》ねるのだった。

そのたび、あたしは叫びをこらえた。あんたは派遣《はけん》ボランティアか近所の世話焼きじいさんか！　一人暮らしの女の子の部屋に上がり込んで、ドアの具合《ぐあい》から冷蔵庫の中身までチェックするなんて、信じられない。プライバシーの侵害だ！

もっとも、今日はあたしがメールで呼びつけたんだけど。

「――で？　どんな女よ？」

「どんな、というと？」

一詩はフローリングにクッションを敷《し》いて、正座している。

あたしは紅茶の載《の》ったトレイをテーブルに叩《たた》きつけた。杖《つえ》のバランスが崩《くず》れて、ぐらりと揺れたほどだ。

「だ、か、ら、コノハにひっついてる新入生のことよ。日坂菜乃《ひのさかなの》っていうんでしょ？　そいつがどんな女か訊《き》いてんの」

あたしの勢いに一詩が目を見張る。けどすぐに普段と変わらない冷静な声で尋ねた。

「朝倉《あさくら》は誰《だれ》から彼女のことを訊いたんだ？」

「……琴吹《ことぶき》よ」

ぶすっとして答えると、意外そうな顔をする。

「琴吹と連絡をとっていたのか」

「たまによ。仲良しになったとかそんなんじゃないわ。たまたま暇《ひま》つぶしにメールしたら、だらだら泣き言が返ってきたのよ」

日坂を廊下《ろうか》で呼び止めて嫌味《いやみ》を言ったら、思わぬ反撃を受けて、カッとなって引っぱたいてしまったと、琴吹は落ち込んでいた。謝りたいけど、謝れないのだと。

謝る必要なんてまったくない、上履《うわば》きに画鋲《がびょう》の十個や二十個放り込み、不幸の手紙を一ダースくらい送りつけてやれと、携帯で言ってやった。

どうしたら好きな人のこと、あきらめるなんて言えるのかわかりません――なんて、こまっしゃくれたこと言われたら、あたしなら窓から突き落としてる。琴吹は甘い。

「ねっ、顔は？　琴吹より美人？」

睨《にら》みつけると、一詩は真顔で、

「どうだろう。オレが会ったのは二、三度だし、話をしたわけでもないし」

「印象に残らない程度のブスってこと？」

「そういうわけでは」

「じゃあ体型は？」

「標準よりも小さかったように思うが」

「あーもうっ、具体的に説明してよ。デブ？ 痩《や》せ？ 胸は？ 髪《かみ》は？ スカートの丈は？」

「下級生の女子を、そんなに詳細に眺《なが》めたりしない」

「使えないわね！」

あたしはテーブルを叩いた。

「すまない」

「てゆーかあんた、なんで紅茶飲んでんの！ 大事な話をしてるのに」

「早く飲まないと、さめるのではないかと思って」

「紅茶がさめたらなんだってての」

怒鳴《どな》ったら、えらく涼しい目で微笑《ほほえ》んだ。

「せっかく朝倉が淹《い》れてくれたのだから、味わって飲まなければ」

あたしは声をつまらせた。

「かっ、一詩にお茶を出すのは、一人じゃお湯も沸《わ》かせないって思われて、勝手に台所を使われるのが嫌だからよっ。それ以上の意味はないんだから、いい気にならないでね」

「わかっている。朝倉はお茶を淹れるのがうまい」

「そーゆーこと言ってんじゃないのよ！　ッッ！　もとはといえば、コノハが新入生なんかにふらふらするから！　琴吹もだらしないわよ。元カノの意地を見せて、小生意気な新入生なんかいびり倒して、とっとと追い払えってゆーのよ」

一詩がやんわりと言う。

「井上《いのうえ》は、別にふらふらはしてないと思うが」

「一詩の言葉なんてアテにならないわ！　もういい、あたしが直接学校へ行って確かめる。一詩、明日の放課後、校門の前で待ってなさい」

翌日、一詩は校門の横に、憲兵《けんぺい》みたいに立っていた。下級生らしき女の子に取り囲まれているのを見て、ムッとする。なに律儀《りちぎ》に相手してんのよ！　目立つでしょ！

「一詩」

冷たく声をかけると、目を優しくなごませた。

「朝倉、よかった。一人で来れたんだな」

「しょ、小学生扱いしないでよ」

周りにいた子たちが、あたしの顔や両脇に挟《はさ》んだアルミの松葉杖を、驚《おどろ》いている目で見て去ってゆく。なんかむかつく。

「日坂菜乃はまだ下校してないわね」

キツイ声で言うと、淡々と答えた。

「ここへ来る前、教室をのぞいたらクラスメイトとしゃべっていたので、まだのはずだ。今日は井上に用があって部活もないそうだから、待っていればじきに来るだろう」

「ならいいのよ」

「ずっと立っていて疲れないか？　朝倉」

「まだ五分も立ってないわよっ！」

小学生扱いの次は老人扱いかとますます苛《いら》つく。

あーっ、早く来ないかしら、日坂菜乃。一詩と外にいると、女の子が一詩を見る。そのあとあたしの顔や杖を見て、驚いた顔をする。不愉快《ふゆかい》だ。一人でいるときより多く視線を感じて、落ち着かない。なんだか惨《みじ》めな気持ちになって、悔《くや》しい。

「って、なんで前に立つの？　視界にあんたの背中しか入らないじゃないのっ。邪魔《じゃま》よ」

「朝倉が、見られたくなさそうだったから」

「う」

堅物で鈍感《どんかん》なくせに、ときどき妙に鋭い。一詩のこういうところが苦手《にがて》だ。

あたしはそっぽを向いて、つっけんどんに言った。

「まったく、なんであたしが浮気調査みたいなことしなきゃならないのかしら。

せっかく天野遠子《あまのとおこ》がいなくなったんだから、琴吹もコノハに迫って、彼女に返り咲けばいいのよ。下級生の女に言い負かされてべそかいてるなんて。あたしに喧嘩《けんか》を売ってきたときのあの勢いは、どこへいったのよ。

あたしは……コノハの彼女が琴吹ならば、いいと思ったのに」

声が掠《かす》れて、小さくなった。一詩がおだやかに言う。

「朝倉は琴吹のことを心配しているんだな。琴吹と友達になったんだな」

「違うわ、バカ」

横を向いたまま、低くつぶやいた。

「あんた本当にめでたいのね。琴吹がコノハの彼女になっても許せると思うのは、コノハが琴吹のことを、あたし以上に好きにはならないって、わかってるからだわ」

口にしたとたん胸がズキッとした。

でも、それが本心だ。コノハは琴吹なながせを、朝倉美羽《みう》以上には、好きにならない。

たとえ琴吹がコノハの彼女になっても、あたしはコノハの特別な女の子でいられる。

コノハは琴吹のために小説を書いたりしない。

琴吹はあたしから、コノハを奪《うば》わない。

けど、天野遠子は違う。

天野はきっと、あたしからコノハのすべてを奪ってゆく。

コノハはもうあたしのコノハじゃなくなる。天野遠子のものになってしまう。

コノハが天野遠子のために書いた小説を、あたしはまだ読んでいない。

けどわかる。それはコノハから天野遠子へのラブレターなんだって。そこにはコノハの想いがいっぱいつまってるんだって。

コノハがあたしのためだけに『青空《ソラ》に似ている』を書いたように——。

そうなる予感がしていたから、はじめてコノハと天野が一緒《いっしょ》にいるのを見たときから、あの三つ編みの文学少女が大嫌いで怖かった。あのときも、コノハはあたしには見せなかった顔を、天野遠子に見せていた。

「……天野にとられるくらいなら、琴吹のほうが千倍もマシ。それだけよ……」

胸がますます疼《うず》いて、裂《さ》けそうになる。

「朝倉……」

一詩があたしの肩に手を置く。

「なによ、なぐさめたりしたら、ぶつからね」

「日坂が来たんだが」

「ええっ！　ちょ、ちょっと、どきなさいよ」

あたしは慌《あわ》てて一詩を押しのけ、顔を突き出した。夏服の女の子が二人、歩いてくる。

「なっ――――！　美少女じゃないの！」

ショートカットでほっそりしていて、目鼻立ちが人形のように整っている。

「あの髪の長いほうが、そうだ」

「はぁ？」

視線を移すと、そこにはちんまりしたガキくさい女がいた。隣《となり》の美少女と比べると平凡きわまりない。能天気そうな顔でへらへらしゃべっている。

「あっ、芥川先輩《せんぱい》！　さようなら」

一詩に気づいた日坂が、こちらへ来て挨拶《あいさつ》する。あたしは急いで一詩の背中に隠れた。

「ああ、さようなら」

一詩の後ろからじっと見ていると、日坂と目があった。

日坂は不思議《ふしぎ》そうな顔をしたけれど、すぐにまたにっこりし、ぺこりと頭を下げて、美少女のほうへ戻っていった。

「……問題外」

あたしはぼそっとつぶやき、背中を向けた。

「朝倉?」

「なぁーんだ、あれがそうなんだ。なぁーんだ、全然フツーじゃない」

くすくす笑いながら、杖でこつこつ進んでゆく。

「コノハはロリコンじゃないし、あれなら安心ね」

校舎から遠ざかるあたしを、一詩が追ってくる。

隣に並び、いつものように落ち着いた声で言った。

「朝倉、オレは朝倉の一番が井上でもかまわない。オレはずっと朝倉の二番目でいい」

危うく杖がすべりそうになる。

「バカっ! なに突然蒸《む》し返《かえ》してんのよ! 一詩なんて問題外よ! 百番目くらいよ!」

そう、問題外だ——。

ふくれっつらで横を向き、どんどん歩きながら、何故《なぜ》か気になって振り返った。

そこにはもう、日坂菜乃の姿は見えなかったのだけど……。

まさか……。日坂と天野遠子は違う。日坂は文学少女には見えない。

なのに何故《なぜ》、さっき日坂が笑ったとき、天野遠子の顔が浮かんだのだろう。

一瞬胸をかすった予感……『なにか手を打つべきだろうか』それを笑い飛ばし、あたしは一詩にちくちく嫌味を言いながら、上機嫌《じょうきげん》で歩いていった。

あとがき

こんにちは、野村美月《のむらみづき》です。〝文学少女〟シリーズ外伝です。心葉《このは》は三年生になりました。お話は、あとちょこっとだけ続きます。菜乃《なの》の恋がどうなるのか、心葉との関係がどう変わってゆくのか、見守ってあげてください。

今回のネタ本は『曾根崎心中《そねざきしんじゆう》』です。実話を事件発生から一ヶ月で上演してしまったというのが凄《すご》いです！　当時の人たちがこのお芝居《しばい》を見て、なにを感じたかとか、舞台《ぶたい》が終わったあとの拍手とか涙とか熱気とか、想像すると飽きません。作者の近松門左衛《ちかまつもんざえ》門《もん》の伝記も、劇作家・情熱サクセスストーリーという感じで、お薦《すす》めですよ〜。

作中に出てくる巣鴨《すがも》や本郷《ほんごう》は、バイトの帰り道、てくてく歩いているなじみの場所です。歩きながらあれこれ考えるのが好きで、会社から家まで徒歩で三時間くらいかけて帰宅することもあります。巣鴨のお煎餅《せんべい》の食《た》べ放題《ほうだい》は今はやってないようですが、塩大福のお店はたくさんありますよ〜。私は商店街の入り口のお店のが、もっちりしていてお気に入りです。

さて、お知らせです。ガンガンパワードさんで隔月で連載していた高坂りと様作画の『〝文学少女〟と死にたがりの道化《ピエロ》』の一巻が、四月二十四日発売になります。表紙のカラーが春色で素敵《すてき》なのですよ！　連載もガンガンJOKERさんに移り月刊になりました。この機会にぜひご覧《らん》になってみてください。また〝文学少女〟の劇場版アニメも予定しております！　随時《ずいじ》情報を公開してゆきますので、お楽しみに。
次回は挿話集二で、琴吹《ことぶき》さんや反町《そりまち》くん森《もり》ちゃんのお話がメインです。夏頃発売予定なので水着のシーンとか書けるとよいな～と思っています。こちらもよろしくお願いします。それではまた。

二〇〇九年　三月二十三日　野村美月

※本作品中に差別的と解釈される語句が使用されていますが、これは歴史的な事実を表現するためであり、差別を助長する意図は全くないことをここに記します。

※作中、次の著作を引用、または参考にさせていただきました。
『デミアン』ヘルマン・ヘッセ著、高橋健二訳、株式会社新潮社、昭和二十六年十一月三十日発行、平成十九年五月二十五日百一刷改版／『曾根崎心中　冥途の飛脚　心中天の網島』近松門左衛門著、諏訪春雄訳注、株式会社角川学芸出版、平成十九年三月二十五日発行／『近松門左衛門』河竹繁俊著、株式会社吉川弘文館、昭和三十三年九月二十五日発行、昭和六十三年六月一日新装版第一刷発行／『絵でよむ　江戸のくらし風俗大辞典』棚橋正博・村田裕司編、柏書房株式会社、二〇〇四年十月五日／『江戸時代選書5　遊女の知恵』中野栄三著、株式会社雄山閣、二〇〇三年七月二十五日／『心中への招待状——華麗なる恋愛死の世界』小林恭二著、株式会社文藝春秋、二〇〇五年十二月二十日

日坂菜乃
1。
がいじん
あと描き

■ご意見、ご感想をお寄せください。
ファンレターの宛て先
〒102-8431 東京都千代田区三番町6-1
株式会社エンターブレイン ファミ通文庫編集部
野村美月 先生
竹岡美穂 先生

■ファミ通文庫の最新情報はこちらで。
エンターブレインホームページ
http://www.enterbrain.co.jp/fb/

■本書の内容・不良交換についてのお問い合わせ。
エンターブレイン カスタマーサポート 0570-060-555
(受付時間 土日祝日を除く 12:00〜17:00)
メールアドレス：support@ml.enterbrain.co.jp

ファミ通文庫
"文学少女《ぶんがくしょうじょ》"見習《みなら》いの、初戀《はつこい》。
二〇〇九年五月一日 初版発行
二〇一〇年四月五日 第九刷発行

著者 野村美月《のむらみづき》
発行人 浜村弘一
編集人 森 好正
発行所 株式会社エンターブレイン
〒一〇二-八四三一 東京都千代田区三番町六-一
電話 〇五七〇-〇六〇-五五五(代表)
編集 ファミ通文庫編集部
担当 荒川友希子
デザイン ティーポートデザイン・高橋秀宜
写植・製版 株式会社ワイズファクトリー
印刷 凸版印刷株式会社

定価はカバーに表示してあります。

の2
8-1
862

ISBN978-4-7577-4829-3